擦肩而过

〔西班牙〕索莱达·普埃尔托拉斯 著

于琦 译

中央编译出版社
CCTP Central Compilation & Translation Press

图书在版编目 (CIP) 数据

擦肩而过／（西）普埃尔托拉斯著；于琦译 .
—北京：中央编译出版社，2015.6
ISBN 978-7-5117-2680-3

I . ①擦… II . ①普… ②于… III . ①长篇小说－西班牙－现代
IV . ① I551.45

中国版本图书馆 CIP 数据核字 (2015) 第 114561 号

擦肩而过

出 版 人：刘明清
责任编辑：苗永姝
责任印制：尹　珺
出版发行：中央编译出版社
地　　址：北京西城区车公庄大街乙 5 号鸿儒大厦 B 座 (100044)
电　　话：(010) 52612345（总编室）　　(010) 52612335（编辑室）
　　　　　(010) 52612316（发行部）　　(010) 52612317（网络销售）
　　　　　(010) 52612346（馆配部）　　(010) 66509618（读者服务部）
传　　真：(010) 66515838
经　　销：全国新华书店
印　　刷：北京印刷一厂
开　　本：880 毫米 ×1230 毫米　1/32
字　　数：137 千字
印　　张：6
版　　次：2015 年 6 月第 1 版第 1 次印刷
定　　价：20.00 元

网　　址：www.cctphome.com　　　邮　　箱：cctp@cctphome.com
新浪微博：@中央编译出版社　　　微　　信：中央编译出版社（ID：cctphome）
淘宝店铺：中央编译出版社直销店 (http://shop108367160.taobao.com) (010)52612349

本社常年法律顾问：北京市吴栾赵阎律师事务所律师　闫军　梁勤
凡有印装质量问题，本社负责调换。电话：010-66509618

擦肩而过
——献给保罗、迭戈和古斯塔沃

序

　　我的这本小说可以翻译成中文对我来说是一份珍贵的礼物，我很高兴能把它介绍给中国的读者们。对于作家来说，读者总是未知的。而这次，我未知的读者属于另一种文化。中国文化源远流长，有着上千年的历史，与我们的文化又是那么的不同，这一切都让我格外激动。从童年起，我就觉得遥远的国家都带有一种神秘的神话色彩。

　　我的家人都很喜欢中国。我的一位表姨妈就住在中国。她是一位传教修女，每过一段时间都会回到西班牙探亲。我们都觉得她长了一张东方的面孔，而我们却是西方的面孔。在她看来，我们的脸没有那么有吸引力。她充满了温情，每当要离开的时候，都会紧紧地拥抱包括我在内的外甥女们，还会向我们许诺下次给我们带来更多的礼物，然后就高高兴兴地回到中国去了。

　　我们最喜欢的礼物之一就是来自中国的故事书。它们都是中文的，所以我们并不知道书里到底说了些什么，但是却被里面的插图深深地吸引着。那是另外一种美学，它是那么不同，笔触是那么微妙。根据表姨妈给我们讲述的点点滴滴，我们尽情想象它的内容，觉得书里充满了魔力。

如今，我的一部小说即将在中国出版了。对我来说这是抵达中国的最美妙的方式。我的文字和其中蕴含的想象力即将与中国的读者初次亲密接触。感谢译者！感谢她学习一门外语的好奇心和从事文学翻译的兴趣！译者对人类的贡献是不可估量的，因为他们，相隔万里的我们才能互相认识互相理解。我们的世界才能变得更广阔、更丰富、更深刻。

我的大部分作品都在探索平凡生活中动人和诗意的细节。我书中的人物都是些普通人，他们遇到的问题都是我在日常生活中会遇到的。他们有自己的情感和个性，一直在寻找一个自己觉得舒适的归宿。他们有家庭、工作、朋友、熟人，也许还有敌人。他们爱梦想，充满幻想和抱负。他们经历过爱、折磨和失望。他们感觉被生活囚禁。他们会失去，会寻找，会渴求。他们都是些平凡的人。可是，又有谁是平凡的呢！我们每个人都与众不同，每个人的生活中都蕴藏着不平凡。那里有痛苦、有爱、有喜悦、有悲伤、有疾病、有死亡，当然还有幸福。

所有这一切既没有国界也没有语言的障碍。虽然我们来自不同的文化，但我们的生活方式和应对这些问题的方式或多或少是相同的。当然，这里还蕴含着重要的个人选择，这是我最感兴趣、最能打动我的，也是我一直探求的。

《擦肩而过》从一个年轻女性的故事讲起。她从超市回到家后，内心被深深的思念困扰。她的母亲不久前去世了，她想要找到母亲的那件黑色大衣。它在哪儿？在她的姐姐或者兄弟们的妻子那里吗？她们把它送人了吗？

沿着她追寻的足迹，展开了一连串不同人物的故事。这些故事编织成了一幅复杂的画卷，在画卷中所有人的生活都平添了另一种色彩。人物在不断切换，场景也在不停变化。马德里、曼彻斯特、福门特拉岛、威尼斯、纽约……这些城市为这些交织的故事构建起空间的框架。通观整幅画卷，我们从别人的故事中探求自己生活的意义。每个故事都不是孤立的，我们需要跳脱出来，站到高处俯瞰全景。人类的能力总是有限的，只有想象力和精神的力量才能让我们变得强大。

大衣是冬天里穿的衣服，它为我们抵御寒冷。如果没有它的保护，我们会变得更加脆弱。我们把曾经属于我们最亲近的人——母亲的大衣搭在自己的肩膀上，就会感觉到被守护。我们不再无依无靠。

我们爱的人的离去让我们感觉失去了依靠，这也是生活教给我们的一部分。大衣的布料是针织而成的，就像是我们的生活。我们离开了自己的家，走进了别人的家，我们在街上与他人擦肩而过，在个同的地方遇到不同的人。我们所有人交织在一起。

我不知道这次寻找的最终结果如何，也无法揭示这本小说，或者我的任何一部小说的意义。只有读者才能赋予它以意义，甚至有时我们并不能把这种东西定义为"意义"。我一直在寻找生活中的诗意和动人之处。从童年时代起，我就觉得中国是一个神秘的国度，同时它又是那么重要、那么富有，希望它的读者们能从我的字里行间得到些什么，我的文字能为他们的家庭、内心和生活带来些什么，即使微乎其微也好。

索莱达·普埃尔托拉斯

2015 年 2 月于波苏埃罗德阿拉贡

目 录
Contents

1. 追寻

　　那是一个雨天的下午。我的车的后备箱里塞满了大包小包从超市买回来的东西。我打算着接下来要做的事情：把东西从车里拿出来，放到家门口，打开门，再次拎起袋子，把它们放到厨房的桌子上。然后把东西从袋子里取出来，一部分放进冰箱，一部分放进贮藏室，一部分放进清洁用品柜。要放进冷冻柜的那些东西最麻烦。我得拆掉肉、鸡和鱼外面的包装再把它们塞进带密封条的冷冻专用袋里，其实那些袋子的密封效果也不怎么样。

　　我突然想起了妈妈的那件黑色阿斯特拉羊羔羊皮大衣。那件重得要命的大衣现在在哪儿呢？谁留下了它？我想要得到它，把自己裹在那件沉重的大衣里，我不想面对这一后备箱塞满食物的袋子，更不想回家整理它们。我想穿着妈妈的那件大衣在街上逛一逛，看看商店的橱窗。

　　回到家，我把超市买来的东西放到厨房的桌子上，然后开始给我的兄弟姐妹们打电话。我有三个姐姐和五个兄弟。还好，我把他们的手机号都记在了我的小本子上。我直接给他们打手机是为了不用浪费时间跟他们的丈夫、妻子、孩子或者秘书之类的人寒暄。我一个接一个地问过去：

"妈妈那件黑色的阿斯特拉罕羔羊皮大衣在你那儿吗？你没有留下它吗？"

"你没把它给你老婆吗？"我问一个哥哥。

没有。谁都没有那件大衣。

我看着桌子上的购物袋，有些已经从桌上掉了下去。

虽然我确定大衣不在我这儿，依然还是把衣柜翻了个遍，不过我知道是找不到的。我走上阁楼继续寻找，如果我把它放在了那里，应该会记得的。阁楼上有一些我从来都没穿过的大衣，那是些没用过的衣服，已经过时了，我把它们放在那里打算给人，或者压根儿忘记了它们的存在，就像已经丢弃了一样。妈妈的大衣也不在那里。

最后，我还是去收拾了超市里买来的东西。我腾空了厨房的桌子，塞满了冰箱。不过我依然心心念着那件大衣，我为什么没有留下它？我继续想象着自己穿着它走在街上，被它包裹着、保护着。它是有点沉，就像妈妈说的那样："这件大衣怎么会这么重！"不过这对我来说已经不算什么了。天冷的时候，沉不沉并不那么重要。况且我只是穿着它散散步，又不会走太远，我只是想慢悠悠地四处逛逛，看看橱窗，又不用拿着装满食品的购物袋。

我想去所有兄弟姐妹家的衣柜里和阁楼上找找看，希望他们能让我一个人安静地找会儿。

于是，我再一次拨通了姐姐们的手机，请求她们允许我去她们家的衣柜和阁楼寻找那件大衣。后来我还给兄弟们的老婆打了电话，因为我的五个兄弟告诉我如果想看他们的衣柜和阁楼需要得到他们老婆的同意。

大家都肯定地说大衣不在他们那里。无论是我的姐姐们还是我的嫂子弟媳们都没有留下那件大衣。

　　"如果你愿意就来吧，"她们不耐烦地说，"你自己验证一下好了。"

　　接下来的一个星期我都在忙这件事。

　　我开着车穿梭在马德里，频繁进出地下停车场，忍受着交通的拥堵与某些司机的坏脾气和谩骂。我跑来跑去，从一个人家到另一个人家，我爬上楼梯，打开衣柜，推开衣架，拉开储物袋的拉链，寻找一番，再把拉链拉上。我跟三个姐姐和五个兄弟的老婆都简单地聊了几句。

　　"你就没什么别的更好的事情做了？"我的姐姐们问我，她们差不多都问了同样的问题。"我没有留下那件羔羊皮大衣。你不记得它有多沉了？"事实上，我也不认为我的姐姐们会留下妈妈的那件大衣，不论是布兰卡、埃斯特莱雅还是玛丽卡。那件大衣不是她们的风格。

　　我的嫂子和弟媳们以其各自不同的方式给了我脸色看。这个我可以理解，我有什么权利去翻查她们的衣柜呢？

　　胡里奥的老婆格拉西亚为我准备了一杯咖啡，不过我没有时间喝，我没时间应付格拉西亚无声的注视。她的眼神背后可能暗含着很多东西，但都是些我无力解决的问题。她一遍又一遍地提醒我咖啡要凉了。我宁愿她跟我说说她到底在担忧什么，而不是跟我不停地重复着咖啡。我找了一会儿，没有找到，然后就赶紧逃走了。

　　玛瑞塔是我最小的弟弟伊格纳西奥的妻子，也是唯一一个对我笑脸相迎的。她说我这么执着简直是疯了，不过她自己有时候也会这样，会忽然觉得一些无聊至极的事情变得很重要。

　　"我们所有人都有点儿疯癫。"她说。"那些看似正常的人其实更糟糕，他们的问题更致命。"她言之凿凿地说。

我不知道她指的是什么。我翻找衣柜的时候她一直跟着我，还陪我上了阁楼。后来她给我倒了一杯金汤力。

我离开她家的时候有点头晕。我还没吃东西，金汤力让我有点上头。我甚至不记得把车停在了哪里，把它停在了地下停车场的哪一层哪个位置？我在一条长椅上坐下来深呼吸了几次，不知道该做什么好。

这次寻找实在是荒唐。大衣已经失踪了。姐姐们把妈妈的衣服摊开在床上让我们挑选。一般来说这没有什么问题，我们的品味各不相同。最后还剩一些给了兄弟们的老婆和照顾妈妈的保姆。我隐约记得曾经在床上看见过那件黑色的大衣，衣服的正中有一块黑色的污渍。应该是有人拿走了它，但是是谁呢？它不可能就这样蒸发了，不可能跟其他的大衣、外套或者毛衣弄混了。那样一件显眼的大衣不可能跟普通的衣服弄混，人们一眼就会注意到它。

我感觉好些了，可以去取车了，却一点都不想钻进地下停车场。我并不着急回家。今天家里就我一个人吃饭，冰箱里还有很多食物。我突然想去爸爸家问问照顾他的保姆，她也曾经照顾过妈妈，也许她记得那件羔羊皮大衣，我还想去爸爸家的衣柜找找看，特别是走廊里的那些壁柜，妈妈把穿不着的衣服都收在那里，也许还应该找找门口的箱子，虽然那里并不是放大衣的地方，不过我必须得解开这个谜团。正如姐姐们所说，我可能真是无事可做了。

这是一个阳光明媚的上午，让人有种想走一走的愿望。不过从这里走到爸爸家要很久，这可不是看看橱窗的散步，而是一场肩负重任的长途跋涉。我走在马路上，穿过大街小巷和广场，来到爸爸家寻找妈妈的大衣。我想穿着它在马德里走一走，悠闲地踱步，漫无目的，看看橱窗，在酒吧的露台沐浴着冬日的阳光喝杯咖啡或者啤酒，就像马德里并不是我居住的城市，我只是一个孤独的旅客在等待着谁，或者只是独身一人路过了这座城市。一个穿着黑色阿斯特拉罕羔羊皮大衣的旅客，从过去走了出来。

走了一会儿我开始觉得有点热，就拉开了大衣的拉链。这是一件风衣款式的大衣，很轻薄，下摆就像翅膀一样在身体的两侧摆动。我不太喜欢走路，我更喜欢游泳，不过我有好几天都没有去游泳了，找寻妈妈的大衣已经耗尽了我所有的力气。

我的女儿们对我的寻找一无所知。我不跟她们说这类事情，这些事情我自己知道就行了。我也没有告诉巴勃罗，也许等我找到后会告诉他，如果我能找得到的话。我不愿意告诉他们尚无定论的事情。我打开姐姐们和嫂子弟媳们的衣柜翻找那件沉得要命的黑色阿斯特拉罕羔羊皮大衣的时候已经受够了她们的白眼和讽刺。

我在马德里东奔西跑寻找妈妈的大衣，紧握方向盘行驶在车流之中，沿着地下停车场的斜坡驶卜，把车停进以前觉得过于狭窄的停车位。所有这些我都没有告诉过巴勃罗和女儿们，他们什么都不知道。如果他们看到我在阴暗的停车场里熟练地停车会很吃惊吧，不过如果他们看到我在兄弟姐妹家的衣柜里翻找更会大吃一惊。想想他们吃惊地抱住头的样子，我想他们还是什么都不知道的好。

也正是因为这个，我越发想要找到那件大衣。我希望在最后能告诉他们所有这一切。我想先感受到大衣压在双肩上的重量，体会到被保护的感觉，再来决定要告诉他们些什么，又保留些什么。随便他们怎么看我，怎么想我，即使他们压根儿什么都不想，不搭理我，不愿浪费一分一秒来琢磨我上午都做些什么，下午又在做什么，我独自一人的时候都在做什么，都无所谓，那是我独处的时间，没人感兴趣。

我只想把手指伸进那件妈妈常穿的羔羊皮大衣黑色的卷毛里。

我满身大汗地来到爸爸家。家里现在已经没有人收拾衣柜了，也许走廊的衣柜已经空了。妈妈去世后，我和姐姐们腾空了衣柜把衣服都分了。我不知道衣柜里还剩些什么。

这是我童年时的家，也是我青年时的家，是我父母的家。但是现在这里只是爸爸的家，而在从前，它对我来说更是妈妈的家。家总是妈妈在收拾，所有的衣服都收在衣柜里。那是她的家，她的衣柜。

"我出来办点事儿。"我对爸爸说。突然的来访总会使他惊诧。"我上来看看你。就待一会儿。"我强调说。

"啊，原来是玛尔。"他惊讶地说。"我还以为是布兰卡呢。她跟我说要过来，但是一直没有来，真不知道她还能去哪儿。"

"你知道的，她升职以后工作很忙。不过不用担心，她会来的。"

"她升职了？她自己是这么说的，但是事实恰恰相反。她尽做些傻事，都是些傻事。"

"你记得吗？你也喜欢工作。"我对他说。我脑袋里依然回荡着他那些有关工作是多么重要的话。对他来说工作是神圣的，甚至比家庭更重要。以前他经常这么说，就像我们所有人，包括我的母亲，没有留意到他每天都努力工作到很晚一样。每当他回到家，我们都应当感谢他，尊重他的疲惫，尊重他想单独待着的愿望，不去打扰他，得让他看到我们都为他骄傲。

他耸了耸肩。我没明白他的意思，他也不会再向我解释什么，也不需要。爸爸依赖布兰卡，他不接受布兰卡除了来看他以外还有其他事情要做，他的脑子里容不下布兰卡还需要工作的事实。既然她一个人生活，就应该全心全意地照顾他。当着爸爸的面儿绝对不可以提起布兰卡的拉普拉多犬塔西亚。布兰卡的工作让他生气，而塔西亚则会激怒他。他讨厌所有的狗。他总是对狗和它们的主人嗤之以鼻。我们所有人都知道他含沙射影的是谁。

"我要吃饭了，"他说，"马上。"

家里弥漫着食物的味道，闻起来像是有炖菜和炸土豆条。这是我熟悉的味道，但是此时又让我觉得陌生，就像我已经完全忘记了这种味道，就像这种味道从未存在过。那是遥远的味道，童年的味道。

爸爸为了他的那些旧照片而活。每次我去看他，他都会给我展示那些照片，就像那是新照的，我从来都没有看过一样。

"看看这张。"他拿起一张照片说。他已然忘了布兰卡工作的事情，忘了她还没有兑现来看他的承诺。"看看这个小伙子的表情。多么令人印象深刻，不是吗？我凭这张照片得了一等奖，对此我一点都不惊讶，这是一张绝世佳作。"

我太熟悉这张照片了。两个穿着礼拜服的少年站在田野中央。他们站在草地上，鞋子擦得铮亮，背后是一片繁茂的树林。他们手里都夹着烟。比较矮的那个少年站得比较靠边，手臂无精打采地垂着，另一个少年则是焦点所在，他个子很高很帅气，看起来有些不羁，双臂交叉在胸前，让人觉得有点傲慢。香烟大概在腰部的高度。他目视着前方，望着镜头。他挑衅的目光从很久很久以前就一直伴随着我们。这原本是一张小尺寸的照片，后来爸爸把它扩放了，放在了相架上最中央的位置。不过这在某种程度上让它失去了一些神秘感。

扩放之后，照片的右下角可以清晰地看到爸爸夸张的签名：弗洛伦西奥·坎波斯。他的名字用花体写得很认真。爸爸指了指他的签名。

"看，这就是我。"他骄傲地说。

紧挨着这张和其他那些我熟悉的照片的还有一些我从来都没有见过的照片。爸爸从他的旧相册中挑选了一些照片，搞了一个小型展览。他跟我解释每张照片的细节和照片里的人物，虽然他已经不记得他们的名字，不过还记得很多其他事情。他给我讲他结婚前的生活是怎样的。那时他走村串镇为婚礼和洗礼拍照。那段日子既艰难又有意义。有时他也会拍几张艺术照，比如人物肖像。所有的照片都有爸爸的签名，签名带有那个年代的风格，后来简化了些。弗洛伦西奥·坎波斯沉浸在他的过去里。他幻想自己参加了各种比赛，幻想自己得了奖。这些岁月值得回味。在我们出生之前，当他还拥有自由的时候，他的志向是成为一名出色的摄影师，这点从每一张照片中都看得出。

　　爸爸一生的成就都陈列在相架上，不过这些却没有感动过家里的任何人。

　　我跟他说想去衣柜看看。我没有提大衣的事情，只是说我想看看衣柜。

　　"走廊的衣柜里什么都没有，是空的。"爸爸说。

　　"我去看一眼。"我说着站起身来。

　　爸爸流露出一种复杂的表情，就像我会弄乱他的东西，烦到他。那些衣柜里从来没有什么东西是他的，或者只有一丁点儿他的东西。不过他的表情像是在告诉我现在这个家是他的，尽管他从未自己管过那些衣柜。

　　这是他和保姆露西娅的家。露西娅正在厨房里准备午饭。

　　"我去看看衣柜。"我对爸爸说。

　　他不信任地看着我。

　　衣柜里有些什么？都是些没人扔也没人要的衣服。那是些装在塑料袋里的奇怪衣服，比如军装，可我的兄弟们什么时候服过兵役呢？比如一件男士礼服，还是一件燕尾服，这是某场婚礼留下来的吗？还有宗教服装，配有金色腰带的棕褐色羊毛套装，这都是哪儿来的？在我出生前或者记事儿前，妈妈穿过宗教服装吗？然后就没有其他的了，大衣不在里面。

在厨房，我向露西娅问起那件大衣，她用奇怪的表情看着我，就像不知道我在说什么，也根本不知道什么是阿斯特拉罕羔羊皮大衣，不知道阿斯特拉罕这个词是什么意思。她一句话都没说，没有回答我。

爸爸要吃饭了，我向他告别。

我不得不接受妈妈的大衣找不到了的现实，于是垂头丧气地向的士站走去。我不打算再走路了，已经没有力气了，还得去地下停车场取车，然后开回家。我的腿不听使唤了。

突然我看见了它。它在向我靠近。看门人的妻子穿着它。那是我妈妈的大衣，黑色的阿斯特拉罕大衣。那个女人从远处向我微笑，走到我身边停了下来，我们打了个招呼。

我不记得她的名字了。她很年轻，长相甜美，一副爱梦想的样子。原来那件大衣在她那里。我把手放在她的肩上，伸进大衣黑色的卷毛里，虽然只是转瞬即逝的一霎那。

我手握方向盘行驶在回家的路上。这些天全都白跑了！我的上帝！是谁把大衣给了看门人的妻子？是姐姐们，爸爸，还是露西娅？

没有人记得，也没有人说得清。

如果我没有跟她在街上偶遇，就不会知道是她，看门人的妻子，拿走了妈妈的大衣。我们有那么多未知的事情，那么多半夜让我们惊醒的事情，那么多在街上突如其来的事情，有些想法驱使我们花上好几天东跑西跑，却只能对别人守口如瓶。它们从内部将我们慢慢瓦解，就像花儿随着时间的流逝在花瓶里凋零。

2. 静止

没有人了解我，包括我的家人在内。我的父母还有我的姊妹都不了解我，我的爷爷奶奶、外公外婆、叔叔阿姨，所有那些在节日或者纪念日聚在一起吃吃喝喝直到不舒服了、开始回忆了、唱起歌了、声音沙哑了、筋疲力尽的亲戚们都不了解我。

我的朋友们也不了解我。在某种程度上，他们自己也清楚。有时，他们言语间会透露出对我的无知，还有他们的失望。他们拿我没办法，没法掌控我。甚至有时，我会失踪。这点着实激怒了他们。他们跑去我父母家打听我的消息，可我妈妈告诉他们她也不知道，我一早就出去了，既没有说去哪儿也没说打算几点回家。甚至我可能彻夜不归，这也是有可能发生的，因为有些晚上我并不在家睡觉。这是得到了允许的。我的舅舅是个钟表匠，就住在旁边的村子。我差不多算是他的学徒，但并非一直都是。他脾气阴晴不定，当他有时间招呼客人的时候就只让我待在作坊里。他是一个小心谨慎、注重细节的人。他需要安静，不过他周遭的一切都联合起来企图破坏这种安静。他的老婆和她数不清的兄弟总是出现各种各样的状况，不是有人生病了就是有人惹麻烦了。他没有孩子。

"万幸的是，"舅舅叹了口气说，"我一点儿都不在乎他们。"他指的是他的小舅子们。"他们是摔跤了还是断了条腿我都不在乎，他们的腿跟我一点关系都没有，我跟他们没有血缘关系。但是，你不一样，我们有血缘关系。"他若有所思地对我说，眼神中划过一丝惊奇，就像是发现了某些不寻常的本质性的东西一样。

　　他是我妈妈的表哥，有传言说他爱着我的妈妈。家庭聚会的时候我偷偷地观察着他，他通常都很沉默，我觉得他时不时会偷偷地瞄我妈妈几眼。不过这也是几年前的事情了，现在他几乎不看她了。他现在谁都不看，只看我，因为我是他的学徒。如果他需要点儿什么，比如一个杯子、一把叉子、一盒火柴，都会来找我。我有点同情他，因为他是那么腼腆，家庭把他压得喘不过气来，不过我却一点儿也不信任他。

　　他也不了解我。他的老婆和小舅子们给他带来的问题已经够多了。他没有时间思考我的事情，没有时间去探究他的学徒是个怎样的人。他知道我跟他有血缘关系就够了。尤其是，他有他的钟表就足够了。他的店里摆满了或大或小的钟表，他打开其中一只的表盖，就陷进了属于他的世界。他倾听着表的滴答声，观察着齿轮的转动，沉浸在表的世界里。这都是我从他的眼睛里看到的，眼睛是焦点，反射着一切。而在他的眼中只有钟表。

　　我不怪他。这个腼腆的需要安静的男人对我不错。尽管他不了解我，但他是个好人。我并不奢求全世界都了解我，我只是奇怪为什么没有一个人了解我，特别是那些老师，了解学生应该是他们的目标和专长。但是这些老师既没有这种能力也没有这方面的兴趣，他们都是些再平凡不过的人，他们从来没有想过教育应该是不一样的，应该有异于其他任何事情。教育需要智慧和敏感。老师应该对学生感兴趣，应当去尝试发现他们是什么样的人，去了解他们。

不过相比我们那位狂妄又自负的院长，我更喜欢那些平庸的老师。院长自认为很聪明，自认为对所有人都了如指掌，但这自始至终都是个巨大的错误。人类对他来说都没有什么秘密可言。广大的人类，所有人，每个人，在他眼里都像是一张纸，上面的字又大又清晰，传递的信息简单得不能再简单。

"我太了解你了，小无赖。"我在走廊遇见他的时候他对我说。他喜欢死死地盯着我，喜欢引起我的注意。"我了解你，莫拉莱斯，我一眼就能看穿你。"他在心里轻蔑地笑着。

"谁都骗不了我，"他说，"我已深谙此道。"他讲话时挥舞着胳膊，带着威胁的口气。我不知道就凭他那死气沉沉的眼睛能骗得了谁，也不知道这双黯淡无光的眼睛看到的生活是个什么样子。

我有点生气，不过在内心深处我对他更是一种怜悯。他已经爬到了学院院长的位置，但是我们都知道，这里只不过是个偏僻的村子，并不是一个重要的大地方。他的话里有种苦涩的滋味，虽然还不至于到痛苦的程度。我没法同情他，他并没有经历什么倒霉的事情，只能说是不好不坏，这是他的悲剧，他的悲哀。

那么，谁能了解我呢？只有毫无保留地支持我的赛赛，他一直在我身边，有时候甚至是很多时候比我自己的影子离我还近，他曾经有机会或者说有很多机会了解我。但是仅此而已。我已经不抱什么幻想了。老师说赛赛没有个性，我觉得他们说得有道理。他一直盲目地跟从着我是因为他需要一个方向，需要有人替他做决定。他无条件地支持我，当别人无视我的才能，或者有人批评我的时候，他会生气。不过他离了解我还差得远。

赛赛，你也不了解我。有时我认为你可能了解我，但是现在我想到一些更深刻的问题。我问自己除了我以外，你是否想过其他人，是否想过自己，或者是否思考过。我不觉得在你那些一成不变的日子里，你曾经有哪怕一秒停下来思考过什么。你只是在走着，追随着我从这里到那里，随口说着点儿什么，或者更确切地说，你只是为了说话而说话。你一点问题都没有，但是我不知道你是否思考过，我从未见过你在思考。所以，赛赛，我非常怀疑你是否了解我，怀疑你是否想过要了解我。你根本不知道我是谁。当然，我是你最好的朋友，你唯一的朋友，你的导师。但是你不了解我。

那么，还剩下谁呢？谁都不剩了。我说得似乎有些得意，我对此并不否认，不过这种得意并不存在。客观地说，没有任何理由让我为此感到得意，不过我还是这样说了，带着点儿难过，带着点儿怨恨。你们有机会了解我，但是你们并没有珍惜。我承认我微不足道，不值得别人为我费神，我不是宇宙的中心，不过你们永远不会知道你们错过了什么，因为如果你不了解一个人，你就会错过很多东西，这些东西并不具体，但是非常重要。我之所以这样说是因为我知道我正在错过很多东西，我对人们了解甚少，尽管了解他人一直是我最大的兴趣。

我放弃了这个想法。我知道永远不会有人了解我。我身边都是些软弱的人。没有人唤醒我被了解的愿望。我就是我，我做我想做的事情，不需要任何解释。只有去年秋天的那么一瞬间我承认在我的内心深处有过被了解的渴望。

那是一个周日的下午，我去赛赛家商量点事情。他家里有点忙乱，因为除了我，还有其他的客人。其中一个是赛赛爸爸的远房亲戚，另一个是摄影师。我能感觉到摄影师在看我，他的目光与其他人不同，仿佛能把我看穿。我和赛赛跟他们说我们要走了，摄影师拍了拍我的肩膀，留住了我。

"我想给你们照张相片。"他说。

事实上他是跟我说的，可是我没有回答。

"一张相片？"赛赛说，"做什么用？"

"不做什么用，"摄影师说，"我喜欢你们的样子。你们过来。你们叫什么名字？哦，胡利安和塞莱多尼奥，过来。你们不喜欢我给你们照张肖像吗？会照得很好的，你们到时候看嘛，我会寄给你们的。"

我在心里有点抗拒这个男人。

"我们到外面去，"他说，"我想让绿意包围着你们。草地在你们的脚下，树林在你们的身后。"

赛赛笑了，好像全都明白了一样，完全配合着摄影师的想法。

"就这儿，"摄影师说，"这个地方完美极了。的确，非常好，把烟点上，非常好。"

我们站在那里，手里拿着烟，面向着摄影师和照相机，不知做什么好。

"把烟拿好，"他说，"把重心放在烟上。注意我跟你们说的，胡利安、塞莱多尼奥。注意，香烟在支撑着你们，但是对其他人来说，对那些看相片的人来说，正好相反。对他们来说是你们拿着香烟。但是事实是相反的，别忘了。注意力集中。现在看这里，看镜头，向我展示你们是谁。认真听我说，胡利安、塞莱多尼奥！这是你们的时刻，镜头想知道你们是谁，想了解你们。坦诚地向镜头敞开心扉。"

突然间，我把自己交了出去。我向那个镜头诉说了一切，我的秘密，我的欲望，我的骄傲。

　　摄影师走了，再也没有回来，也没有把相片寄给我们。很长一段时间里我都在等待着那张相片。

　　有时候我会想摄像师是不是真的离开了，是否有人看到了那张相片，如果有人看到了，他是否可以通过那张相片了解我。

3. 与陌生人交谈

　　儿子在妈妈的身上寻找自己的影子，却没有找到。他找得绝望，却看不到希望。他叫拉蒙。他不喜欢自己的名字。

　　他的妈妈是格拉西亚·卡瓦列罗，爸爸是胡里奥·坎波斯。

　　每当格拉西亚用怀念的、甚至渴望的眼神望向窗外时，她在寻找什么？每次她对胡里奥冷言冷语跟他作对的时候又是在逃避什么？她怎么会看不到胡里奥的孤独和他强烈的需要？格拉西亚很强势，胡里奥被钳制住了。格拉西亚不让他表达，不让他存在。

　　胡里奥爱格拉西亚，儿子也爱妈妈。那么格拉西亚爱谁呢？她一直在逃避。从外面回到家的时候她总是兴高采烈。她喜欢跟别的男人说笑。她跟售货员、服务生、出租车司机都相处得很好。他们都是些家庭之外的男人，跟爸爸没有任何共同点。他们健谈又开朗，从不孤单，从不需要什么。他们只是在找乐子。

　　胡里奥不能找乐子。他要面对的事情很严肃。

　　儿子能做些什么呢？他也需要妈妈的爱，但是他不能像爸爸一样，因为那样只会被妈妈排斥。他不能表现得充满需要，不能跟格拉西亚说话，不能看她，甚至不能碰她。他必须得远离她，得让她看到自己并不需要她，得让她看到他像别的男人一样，像那些售货员、服务生和出租车司机一样，是一个有自己生活的男人，一个能轻松融入社会、带着充满感染力的微笑、说着暧昧的话的男人。这样的儿子才会得到她的爱。

儿子变得叛逆。他在学校里跟老师作对。他成了一个受欢迎的小伙子，大家都需要他。没有哪个派对或者聚会不邀请他的。他有数不清的朋友，爸爸妈妈私下里认为他有某种天赋，能跟所有人都相处得很好。

但是在家里儿子却像是个隐形人，无论是胡里奥还是格拉西亚都无法回避这个事实。他不听他们说话，甚至看都不看他们。他总是在跟朋友们打电话。他的笑声打破了家里的寂静，可是这种笑声只有在他打电话的时候才听得到，听起来那么遥远。他们的儿子在外面混得很好。

儿子不在家的一天，有人打电话找哈皮。

"哈皮？"格拉西亚有些诧异。

"就是'happy'的那个哈皮，英语里快乐的意思。"电话那边儿子的朋友笑着解释道。

原来他们是这么称呼儿子的。这个绰号让格拉西亚觉得不快，就像这并不意味着快乐。她不喜欢别人给他起的这个外号，她不喜欢这种她无法碰触的快乐。

格拉西亚觉得痛苦。她的儿子从她身边溜走了。她不知道这是为什么。他是她的唯一。她给了他一切。生活到底是怎么了？为什么他离她那么远？他不可能快乐。她觉得有一种可怕的重量一直压着她。这种重量一直都在她灵魂的深处。她从未对别人说过，也不知道该怎么说。但愿有人会怀疑，会猜到！但愿有一天她在马路中央晕过去，人们把她送到医院，然后医生说：这个女人承受着不可承受的重量，我们得帮助她，得把她从这种重量中解放出来。没有人能这样活着！不过这一切都没有发生。她没有眩晕，没有倒下，她还在那里，胡里奥依然用充满需要的眼神看着她。胡里奥的目光像箭一样刺痛着格拉西亚的心。这种目光让格拉西亚痛苦不堪。它是控诉，是责备。

格拉西亚独自在家的时候会哭泣。她感觉自己无依无靠，她能跟谁说这些事情呢？她的生活完全没有意义。她给予儿子的一切都无法解释地产生了反效果。胡里奥向她要求的东西正是她所没有的，她又怎么能给予他她所没有的东西呢？

最可怕的是她不明白这都是为什么。她不知道自己对儿子做错了什么，也不知道胡里奥为什么向她索求这么多。她什么都不知道，不明白。她一直沉浸在悲伤中。她的目光黯淡了，声音哽咽在喉咙里。她不再跟售货员、服务生或是出租车司机说笑了。她对所有这些男人都不感兴趣，对她来说他们都荒谬可笑。

一天早晨，小姑子玛尔来到她家。她来去匆匆，只待了一会儿。格拉西亚希望能多留她一会儿，跟她说说话，问问她是怎么跟丈夫和孩子们相处的。问问她，她的生活充实吗，怎么能让自己不迷失。但是玛尔的目光总是停留在别处。她总是这样，总有很多荒谬的事情要做。她翻箱倒柜寻找一件她母亲的皮大衣。这种行为很无礼，难道她认为格拉西亚会把一件不属于自己的大衣藏起来吗？怎么能要求人家让你翻查衣柜呢？不过格拉西亚并不介意，小姑子来她家翻她的衣柜并不惹她讨厌，因为她知道玛尔的目的并不在此，她只是想通过那件大衣缅怀自己的母亲。母亲去世了，她想跟母亲重新建立起一些联系。

玛尔跟她相处得不错。她们各有各的困扰。她想给玛尔来杯咖啡跟她聊一会儿,告诉她,她理解她,明白失去一个人而且是最爱的人的痛苦。她们一个失去了母亲,一个失去了儿子。她的儿子虽然还活着,她却失去了他。

"不,我不能留下来。"玛尔拒绝了咖啡。"很感谢你,但是我还有急事。"

格拉西亚把玛尔送到门口,话几乎到了嘴边:你知道我儿子的朋友们怎么叫他吗?他们叫他哈皮,英语里是快乐的意思。他不跟我们说话,总是皱着眉头看着我们,但是他的朋友们却叫他"快乐"。我一点儿都不理解,我什么都理解不了,我已经落伍了。

门关上了,她倚在门口,喝着玛尔留下的已经变冷的咖啡。

家里的氛围越来越压抑了。这是一种说不清、看不见的压抑,也不知道它从何而来。格拉西亚已经不再叫她儿子的名字了。她叫他哈皮。她想拉近他们之间的距离,像朋友一样与他相处。

在家的时候哈皮总把自己关在房间里。他听着音乐,把自己隔离起来。如果想跟他说点什么,就得去敲门。他甚至还在门上挂了个牌子,上面写着"非请勿入"。看起来像是个玩笑,但是其实不是。格拉西亚知道这句话百分百是严肃地写上去的。胡里奥也知道,不过他只是耸耸肩。

胡里奥的消沉另有原因,他继续纠结于格拉西亚不能给予他的一切。他开始感到不满。他的不满并不强烈,还没有到憎恨的程度。不过他偶尔也会有这样的感觉,这使他感到害怕。他不想有所憎恨,他渴望爱,需要爱。他希望自己不去想这些事情,却依然期待。他灵魂的深处渴望爱,他不知道没有爱该怎么生活。

哈皮离开了家。他只是提前一天通知了父母。他找到了一份工作和一个公寓，打算跟几个父母不认识的朋友合租。他放弃了学业，只是告诉父母他想过自己的生活，没有多做解释。胡里奥和格拉西亚把儿子的离开归咎于对方。有时，他们会打破沉默互相指责，不过很快又陷入沉默，因为他们知道说什么都没有用。在这点上他们俩得出的结论是一致的。他们甚至害怕说话，因为某些话会引发连锁反应。谁知道呢，事情可能会变得更糟。沉默的意义有很多。

他们也不知道该做些什么。他们俩没有一个人知道。他们一个挨着一个地待在那里不知道做什么好，因为某些原因他们依然互相陪伴。

春天里的一个下午，格拉西亚路过公园。公园里的人年纪各不相同，但是看起来都很高兴。老人们坐在长椅上晒着太阳，年轻人迈着轻快的步伐说笑着、打闹着，小孩子躺在妈妈的推车里露出甜美的笑容。树木再次郁郁葱葱起来，灌木和花儿刚刚吐出了新芽。生活还不坏。格拉西亚把要做的事情搁在一边，走进了公园。她远离热闹的人群，在一条长椅的一端坐了下来。她向上望去，看着树冠，觉得在树上生活也不错，那是个树枝和叶子构成的世界，既缥缈又稳固。不过，人并不住在树上。想要生活在树上，得是一只鸟或者松鼠。也许人以后会变成鸟或松鼠呢，生活总是在变化。

过了一会儿她才注意到不知什么时候一个年轻人坐到了她的旁边。他的手里夹着一支烟向她借火。格拉西亚打开包，找到了很久以前放在那里的一盒火柴，她把火柴放在里面只是因为当时包就在手边，而且没有其他更合适的地方了。她把火柴递给年轻人。年轻人微笑地看着那盒火柴，就像盒子上写着的不只是一家饭店的名字，而且有什么特殊意义似的。他点着了烟，把火柴还给了格拉西亚。他的脸上突然闪现过一丝不寻常的表情。他再次把烟从包里拿出来，递了一根给格拉西亚。

格拉西亚很久没有吸烟了，不过她还是接了过来。这是一种下意识的动作，是她手指的动作，身体的动作。应该接受别人给我们的东西。小广场上人们的喊声和欢笑声传到了公园的这个角落。格拉西亚在年轻人的帮助下点燃香烟抽了起来。

过了一小会儿，她才回过神来，发现自己已经接下了小伙子递过来的香烟，而且他们已经交谈了起来。他们都谈了些什么呢？春天，公园，还有正在发生的事情：在一条长椅上享受下午的阳光，随便跟什么人聊上几句。他们一个是突然不做正事儿决定散步的女人，一个是下午无所事事不想待在家里的年轻小伙儿。他们笑了起来。生活一点儿都不坏。

对方叫什么名字？他们没有说，也没有问。对方是做什么工作的？格拉西亚的情况不难猜到。不过他们没有聊这些。那他们都聊了些什么呢？小伙儿跟格拉西亚讲了自己做的一个梦。而格拉西亚则对他讲了一段回忆。他们又吸了一根烟。现在他们聊起了旅行，一些虚构的旅行。他们假想自己是在巴黎在罗马抑或是在伦敦。有一件事情他们得决定，他们是刚刚在巴黎、罗马或者伦敦的某个公园的长椅上相识呢，还是本来就在一起旅行呢。有那么一刻他们望着彼此的眼睛，眼神中充满了询问和迟疑。这一瞬间仿佛持续了一个世纪。

格拉西亚站起身来。她不知道该怎么继续这个游戏。她把烟头熄灭，扔进了垃圾桶，然后对小伙子说她得走了，她还有事情要做，最后还对他的香烟表示了感谢。

小伙子做了一个手势，好像是在说好吧，随您吧。然后他笑了，浅浅地笑了。

格拉西亚离开了公园，却久久忘不掉那个微笑。他还说了些其他的，说他什么都理解，理解她现在要走了，还说他会再来，这是最重要的。某一天他会再回到公园的这条长椅。也许是明天。如果明天不行，那就后天。但是一定会回来。

她怎么会冒出这么个想法？她从未想过会跟一个完全陌生的人谈笑风生，还是一个比自己儿子大不了几岁的小伙子！正常人会这么做吗？她是不是变成了一个古怪的女人？

她办完了要办的事情，绕过公园回到了家。她坐在沙发上，面对着开着的电视，思绪却回到了公园的长椅上。她可以清晰地回忆起整个场景。她看见自己在跟那个小伙子聊天，可以听到他们俩说的一切，听到他们是怎么幻想的，怎么欢笑的。他们凝视着对方，特别是最后的一瞥，天哪！那个眼神是多么令人难忘！现在她才反应过来下午发生的一切是多么的特别。也许这是个征兆，或者说是个奇迹，不过也可能只是个有点特别的小插曲罢了。生活不是一成不变的，偶尔会发生些特别的事情。

她想把这件事告诉别人，可是对谁讲呢？她想到了儿子，但是他几乎不给她打电话。她的儿子不愿意听她说话。

格拉西亚第二天没有去公园，第三天也没有去。她没有时间。很奇怪的是她总有别的事情要忙。以前，下午她总是很空闲，闲得要命，上午也一样！但是恰恰当出现了这有可能改变一切的苗头的时候，她得跟胡里奥一起去参加一个葬礼，还得陪她的姐姐去看医生。

过了几天，格拉西亚回到了公园。她穿过小广场，沿着几天前走过的小路走向上次坐过的那条长椅。长椅上是空的，令人失望。格拉西亚加快步伐离开了公园。她一点都不觉得难过。街上人来人往，天气晴朗。生活还不错，还不错。

那个下午发生的事情不会重演了。它很特别，但确实发生了。一个小伙子坐在她的身边，跟她聊天，对她微笑。他们一起抽烟，一起幻想。

她已经记不太清那个小伙子的样子，只记得他很讨人喜欢。

无论是穿过公园的时候还是走在街上的时候，她都不自觉地在人群中寻找他的踪影，却再也没有找到。

直到有一天她终于接受了这个现实：她不会再遇到他了，永远不会了。

突然间她觉得这样更好。她不想每次出门的时候都在寻找，不想再期待些什么。

当她看电视的时候，做针线活儿的时候，做饭的时候，整理衣柜的时候，或者逛街的时候，偶尔会想起长椅上的那个小伙子，然后会心一笑。现在她已经不再觉得那是件特别的事情了，那只是一段遥远的回忆，像梦一样。虽然她知道那真实发生过，却准备把它当成是虚幻的。除了那个小伙子，她还看到自己坐在长椅上，抽着烟，谈笑着。这让她不禁露出了笑容。

上午，她刚刚从外面回到家，电话就响了起来。是胡里奥打来的。他说："你先别担心，我现在去接你。"

格拉西亚跑下楼，心怦怦直跳简直不能呼吸。她知道是儿子出了事。

胡里奥很快就开车赶到了。哈皮没什么事儿，他马上告诉她说。

他没什么大事，只是有点儿擦伤。不过跟他一起在车里的那些朋友都住院了。他们是幸运的，所有人都还活着。格拉西亚不太相信。在内心深处她并不相信，她认为这只是一个用来拖延时间的谎言。她以为自己已经失去了儿子，再也见不到他了。

他们赶到医院，穿过走廊，走进电梯，再穿过走廊，寻找着哈皮和他住院的朋友们所在的病房。

胡里奥说的都是真的。哈皮坐在病房里，太阳穴上贴着一个创可贴，手上打着绷带，再就没什么了。他既完整又真实。他的一个朋友在重症监护室，另一个在病房里。没什么严重的，哈皮微笑着说。格拉西亚都不记得他的笑容是什么样子了。哈皮拥抱了她，把胳膊搭在她的肩膀上。

他们提到了一个女孩儿，哈皮的女朋友。这是格拉西亚头一次听说。女孩儿刚刚走开了，看来没有跟哈皮一起住。格拉西亚仔细听着，唯恐错过一个字儿，她想了解她所不知道的有关儿子生活的一切。

他说所有人都叫他哈皮。甚至胡里奥现在也这么叫他了。所有人都是　边儿的。

格拉西亚、胡里奥和哈皮离开了医院。哈皮说他有点儿饿了，想去对面的咖啡厅吃点儿什么再回去陪他的朋友。于是一家三口一起在马路上走着。

他们走进咖啡厅坐了下来，点了啤酒和三明治。哈皮把啤酒一饮而尽，大口大口地吞着三明治。他看起来很兴奋，谈论着医院里的朋友们，告诉爸妈他们都是做什么的，人怎么样，跟家里关系如何。胡里奥问了问车祸的细节。哈皮说所有人都有点喝醉了。是清晨的时候出的事，之前没给他们打电话是怕吓着他们。

胡里奥站起身去付账。格拉西亚和哈皮单独坐在桌旁，格拉西亚想起了那个下午在公园跟她聊天的小伙子。她想把那次偶遇告诉她的儿子。看，这就是发生在我身上的事儿，一个像你一样的小伙子坐在我的身边跟我聊天，我们开怀大笑。

"这些事情让人怀念。"哈皮说。

妈妈想：如果那天下午在公园里跟我聊天的是我的儿子该多好。如果能用生活中一些片段取代另外一些该有多好。哪怕用很大一块儿换取那么一小块儿。

他们走出咖啡厅，格拉西亚在门口的台阶上绊了一下，胡里奥赶紧把她扶住。哈皮回过头看着她，眼神中充满惊慌和不安。

格拉西亚站稳了，跟自己说还好没有摔倒，我可不想在他们面前出丑。

医院就在马路对面。哈皮跟他们告别。他向格拉西亚靠过去，吻了她的脸颊。

"给我们打电话。"爸爸妈妈几乎异口同声地说。

"他还活着，"过了一会儿胡里奥说道，"只是有点儿擦伤。"

现在觉得生活如何呢？我们刚刚从悲剧、从死亡中解脱出来。这就是他们两个此时的想法。只要哈皮喜欢，他可以离开我们过自己的生活，只要他好好地活着。

在家楼下，格拉西亚回头看去。于是她看见了他，那个公园里的男人。她现在才注意到他并不是一个小伙子，而是个成熟的男人。他也看到了她。事实上，他在注视着她，观察着她，准确地说是在看他们俩，她和胡里奥。他就站在那里看着他们俩。

我看起来怎么样？格拉西亚一边暗暗自问一边向那个不认识的男人微笑了一下。

胡里奥走进门的时候，格拉西亚微微地抬起手，轻轻地摆了摆，跟他打了个招呼。

4. 失望

　　我有一段日子没见过我的朋友罗伯托·恩西索了。他是一个特别的人，性情反复无常。生活就是这样，你永远不知道会遇到谁，那个人现在又有怎样的愤怒和怪癖。罗伯托是个愤世嫉俗的男人。他讨厌歌剧演员，总是讲有关他们的可怕故事，所有故事都有根有据，听起来既可靠又可信。他一字一顿地强调："我说的可都是真的。"同时用一种古怪的、愤怒的眼神看着你，那是他特有的眼神。

　　歌剧演员、一炮而红的歌手、厨师还有餐馆老板都让他生厌，鬼知道为什么！撰稿人、装修工、建筑师也让他心烦。我们绝对不能忽略建筑师，那是他最讨厌的人。当然还有出租车司机、电台节目里那些喜欢发表长篇大论夸夸其谈的家伙、强势的女人、脾气急躁的驾驶员、喜欢卖弄的小孩子、缠人的小孩子……成百上千让人憎恶和讨厌的人都是我的老朋友罗伯托·恩西索愤恨的对象，他是我认识的人中最特殊的一个。

　　他看什么都不顺眼，却也跟他人相处得不坏。他内心深处还是有些许友善的。他对敌人表示愤怒的方式有那么点儿滑稽，我也说不清楚，那是一种有点可笑的愤怒。不过我建议最好不要当着他的面笑出来，以免激怒他，尽管这有些夸大其词。其实他自己也了解这点。罗伯托·恩西索会开自己的玩笑，他喜欢这样。

独自一人的时候，他总是平静温和的。他结过婚，又离了，现在跟他的寡妇妈妈和一个老姑娘姨妈住在一起。他的婚姻很短暂。这都是我听别人说的。据说他的前妻非常漂亮，他们在一个村子里住过一段时间，经营一家面包店，就是那种现在开得到处都是的精品面包店。这就是我对罗伯托·恩西索的婚姻为数不多的了解。

我偶尔会想起他，我猜他应该生活得不错。我能想象得出他穿着粗羊毛拖鞋一脸平静地走在公寓阴暗的走廊上，或者坐在茶几前，品尝着咖啡，慢悠悠地抽着雪茄。客厅渐渐变得烟雾缭绕起来，家里的女人们坐在客厅的另一个角落，或在缝缝补补，或在看电视，烟味让她们微微有些咳嗽，不过她们并不反对他抽烟。午睡时间他把头靠在扶手椅高高的靠背上，闭上眼睛，依然一脸的平静和温和。

某一天吃早饭的时候我在马德里市中心的一家小咖啡馆遇到了他，那是一家我并不经常光顾的咖啡馆。我们看见了对方，打了招呼。

"鲁文·托雷斯！你还是那么年轻。"

"这个得保持。"

"好吧，哥们儿，我们又见面了。我们在这碰上了，就是这样。"

这就是罗伯托·恩西索说话的风格，有时候有点晦涩难懂。他说话有点前言不搭后语，就像是为了保持节律不假思索脱口而出的。

我们一边喝着啤酒一边叙旧。我对他说，不知道为什么生活里总有那么多荒唐的事情，没有什么会像预料的那样发展。那些曾经很聪明很出色的人都变得默默无闻了，反而那些什么都不是只会惹老师生气的人却发达了；癞蛤蟆都娶到了白富美，高富帅却跟邋遢甚至丑陋的女人结了婚；好人忍受着生活的折磨，恶人却还过得不错。我跟他说的这些都只是个铺垫，其实我想跟他说说那个跟我坐在公园的长椅上聊天的女人。

那是个陌生女人，我没有问她叫什么名字，我不敢问。我们之间发生了点儿什么，擦出了点儿火花。罗伯托是个聪明人，他会明白那个场面，明白这件事对我意味着什么。

"是啊。"罗伯托·恩西索低声回应，我只能把到了嘴边的话又咽下去了。"这个世界上的事情就是这样的，鲁文。我遇到的事情更加荒唐。"他加重了语气。

刚开始我以为他指的是他的生活，指的是他跟那个去村子里经营面包店过田园生活的女人短暂的婚姻，或者是跟另外某个女人的故事，就像我要给他讲的一样。故事虽然各不相同，但都跟女人有关。不过事实并非如此。

"我给你讲讲最近发生在我身上的事儿，简直让人难以相信。"他说。"有人给我推荐了一个非常出色的医生。他是风湿病专家，曾经在美国留学，专门研究疑难杂症。你知道的，我身体一直不太好，我有很多病，可能还有些没查出来的说不清的毛病。我以前并不知道，不过这也不难知道，所以也可以说我是知道的。我那可怜的妈妈简直是对我绝望了，我是个麻烦的孩子，她不知道该拿我怎么办。我一直觉得疲倦，总是这儿疼那儿疼的。你都不知道我看过多少大夫。我一下子就能看穿他们，他们什么都不懂，只会开药。他们就那么随便地看看你，连碰都不碰你一下。不是我喜欢被他们碰，只是以前大夫都会对你望闻问切，以便了解点什么。现在他们什么都不做了，只给你开几服药。他们总说是紧张是压力在作祟。所有人都有压力！

这都是些废话。"

"我喜欢现在这个医生。"他继续说道。"我终于有了一种被理解被保护的感觉。他对我所有的病都感兴趣。他让我脱了衣服，摸了摸我的身体，还让我深呼吸，你知道的，呼吸，再呼吸……然后还给我解释了很多东西。当然我现在已经记不清他跟我说了什么了。不过我记得他说得很对，很符合我的情况，符合我的所有病症。他在病例上写了好一会儿，说那是专门针对我的治疗，因为每一个病人都是一个世界，没有疾病只有病人。你知道的，就是那一类的话……好吧，他并没有把我的病都治好，因为那是不可能的，那将是一个奇迹。跟了我一辈子的病不可能一下子痊愈，不过我感觉好多了。更重要的是，我重新燃起了希望，之前我一直陷在绝望中。"

"这也正是我不明白的。"罗伯托·恩西索若有所思地说，他看起来很困惑。"我们进展得不错。后来我又预约了那个大夫想让他看看我的治疗效果，给我检查一下。可是我一走进他的诊室就觉得有点奇怪，当然后来我明白了哪里奇怪，他没有像往常一样站起来跟我打招呼，也没有跟我握手。我喜欢他往常那样做，他甚至还会把手搭在我的肩上，这会让我觉得像是来到了一个庇护所，回到了家。这次一切都不同了，他的眼镜架在鼻子尖上，从眼镜的上方看着我，眼神很傲慢，让人觉得恼火，那是一种审视的目光。后来我回忆了一下，觉得那种目光让我感觉到像被脱光了一样。我彻底迷惑了。"

"我觉得，"罗伯托·恩西索继续说，"之后我也没说对什么做对什么，全都乱套了。我不记得我都说了些什么，不过我肯定一切都变得荒唐，变得莫名其妙。也许我压根儿没说我好些了，也许就像往常一样我抱怨了我得过的所有病，就像往常看病的经历一样，没什么新鲜的，这也不是能解决我问题的办法。

"医生死死地瞪着我，不过这次是透过他厚厚的镜片。'我不明白您的意思，'他说，'我不知道您想跟我说什么，也不知道您为什么要跟我说这些事情。'

"什么事情？我跟您说了些什么？'我问他。'一切都跟往常一样啊。是我，我是罗伯托·恩西索，您的病人，我们又不是刚认识，您不记得我了吗？'

"他没有回答。很明显他记得我，清楚地知道我是谁。他只是不愿意承认，他装作完全不认识我。我不理解也解释不清楚这到底是怎么回事，反正他不理我了。他对我的态度既强硬又让人难以捉摸。后来我只能对他说：'好吧，我没法继续治疗了，现在我对您缺乏信任，也没有做好准备，我不在状态，我们以后再说吧，这些问题不能忽视。我们住在一个大城市里，这个世界很大，有很多病人，也有很多医生，所有人都应当谨慎行事，急匆匆的是办不好事情的，得有耐性。'"

"几分钟后我已经走在了街上。"罗伯托·恩西索的语气里依然带着惊诧。"我走在马路上，再也没有什么医生什么治疗了，我没有了庇护没有了家。我再一次带着所有的病痛站在了大街上。我的病治不好了，它们非常顽固，像铅一样沉重，从童年时代就压在我的身上。再一次没有办法了，没有人能帮得了我。我跟你说我不能理解，鲁文，我说的都是真的。为什么会这样？"

我看着我的老朋友恩西索，他的愤世嫉俗众所周知。他的故事脱口而出，一气呵成，我觉得这一切都可能是他编造出来的，只是为他讨厌医生找个理由。大家说起他的时候，都会提到他的愤怒和他破裂的婚姻。我曾经想象他跟寡母和姨妈一起过着平静的生活，表情是那么地宁静。

也许他的生活并不是那么平静，也许正变得疯狂。

"唯一能让我感到安慰的就是女人。"我对他说。我知道他正出神，根本不会听我说，不过我不能一直沉默着，我也有自己的故事！"你知道的，女性的灵魂是动人的。她们会做梦。即使你们素不相识，她们也会跟你聊天。她们跟你说话的时候是那么自然就像你们早就认识，是老朋友一样。这很奇怪，不是吗？这种事情经常发生在我身上，我总会遇到这样的女人。有一次我看到一个陌生女人坐在公园的长椅上，我向她走去，结果不到五分钟我们就聊起来了。这是怎样的信任！你想象不出我们是多么亲密。罗伯托，我不知道怎么来定义当时发生的事情。当然这种事情并不常见，两个人突然开始梦想同样的事情。这应该叫什么？没人知道，这很神秘。"

这是另一次铺垫。然后我就停住了。突然间，我觉得说这些就够了。我不会给他讲公园长椅上发生的事情的细节，不会向他描述那个女人什么样子，她的头发什么颜色，她有多大年纪，她穿什么样的衣服，那么长时间我们都聊了些什么。

"你生活在空想中。"罗伯托·恩西索略带轻蔑地说。

我们彼此道别，离开了咖啡馆。我沉浸在自己的故事里，慢慢忘了他的故事。我甚至从未想过要问问他那个医生的名字，我对他的故事并不那么感兴趣。有比被医生赶出去更糟糕的事情，况且他的情况还不至于如此，他只是被取消了预约。这可能是很荒唐，但是谁知道呢，也许那个医生只是想摆脱罗伯托·恩西索，也许罗伯托·恩西索早就变成了他的噩梦。他是一个没法医治的病人，一个在变成危险之前必须远离的人。有的病人会袭击他们的医生，我在报纸上看过这样的报道。

几个月后的一次家庭聚会上，我的妹妹玛贝尔对我说：

"他疯了。"

她说的是谁呢？是她的医生。

我记得她之前说过那个医生是治疗某种怪病的专家，短时间内就有了很多病人。我的妹妹总是在生病。那个医生竟然没有给她预约，似乎是想把她从档案上抹去，也许她的病例已经被扔进了废纸篓。

他不想给她看病已经够奇怪的了，不过后来她得知了更奇怪的事情。一次偶然的机会，玛贝尔遇到了那位医生的另一个病人。他们聊了会儿，那个病人跟她说他也被医生抛弃了。有一天，他去就诊，医生告诉他不会再给他看病了。那个病人很生气，进行了调查。原来他不是唯一一个经历这种怪事的人。越来越多的病人被拒之门外了。是的，事情就是这样的。开始的时候，医生对病人们很热情，向他们承诺会治好他们，最后却抛弃了他们，把他们都赶到了大街上。

那个病人想过要告发他，还研究了具体该怎么操作，但是这个问题却迎刃而解了。没过多长时间，最多两三个月，医生已经一个病人都不剩了，他连续几个月都把自己关在诊所里，他被恐惧折磨着，人们不得不把他送进了医院。

我想起了罗伯托·恩西素给我讲的故事。我还会见到他吗？我会告诉他，他不是唯一一个经历那种怪事的人。他曾经跟我提起过医生带给他的心灵创伤。

就这样过去了几年，我没有罗伯托·恩西素的一点儿消息。但愿他已经忘记了就诊被拒后站在马路中央的那种不安。但愿他已经得知了那个医生疯掉的消息，而他，罗伯托·恩西素，虽然总是满腔愤怒，虽然与众不同，却还是一个有理智的人。但愿他已经恢复了我想象中的平静，现在正拖着旧的羊毛拖鞋平静地走在家里的走廊上，或者把头靠在客厅那张旧扶手椅上，他的母亲和姨妈正在低声细语，生怕吵醒他。

而我依然漫无目的地在街上散步，在咖啡馆里度过下午，或者在天气好的时候到公园的长椅上坐坐，在树下呼吸着新鲜的空气，策划一场独自一人或者与陌生人的故事，寻找一个我爱的女人来慰藉这世间的不快。也许此时我的朋友，已经知道了他的医生那时为什么会那么做，知道了他没有一点儿针对他，已经把他的愤怒和轻蔑抛之脑后，已经能够完全地理解我。我确定。

5. 穿过花园

　　有时我会想起她，那个面包店里的金发女孩。她只在这里待了一个冬天。那是个漫长的阴雨连绵的冬天，我一直觉得她是因为受不了这种天气才离开的。她总是站在柜台的另一边，灿烂地笑着，面包的热气围绕着她，她双臂交叉在胸前，等待着顾客，就像她生来就是干这个的——在一个不属于她的偏远的村子里经营一家面包店。

　　她的丈夫负责烘烤和其他一些事情，没人确切地知道到底是些什么事情，但是很明显她是因为他才来到村子的，为了他能享受到城市里没有的宁静。我不记得他都做了些什么，也不记得他的名字，反正他不是面包师，她才是。我很少见到他。他们住在村外一栋带小花园的红砖房子里。那片房子已经有二十多年的历史了。那时候那里建起了一座家具厂，村子似乎要扩张。没什么人喜欢那些房子。不过我想是从那年起，从他们搬进村子的那个冬天起，那些房子开始受大家欢迎了。它们没有那么偏远，花园也没有那么小，那个女面包师就住在那里。大家会说：你记得吗，那个金发女人？一只有刘海的小狗一直跟着她。

　　她叫玛丽卡。我不知道这名字从何而来，不过她丈夫这么叫她，所有人都这么叫她：玛丽卡。

"看这雨下的，玛丽卡。"一位顾客走进面包店，抖着大衣上的水说。他把伞收起来放在角落里。

"我喜欢下雨。"玛丽卡说，露出她一贯的笑容。"下雨让我平静。"

她总是如此，人们抱怨下雨，玛丽卡却为之开脱，就像她觉得必须要有人这样做，必须为雨辩解些什么。

我觉得奇怪，为什么一个这么年轻的女人会到村子里开一家面包店，整天在柜台后面笑迎顾客。不过玛丽卡结婚了，这改变了一切。这首先让我想到是我一定要离开村子，我可不想在这里结婚生子。村里没有一个小伙子是我喜欢的。我会跟一个见过点世面的人结婚，绝不会嫁给一个把我带到陌生村子里经营面包店的人。玛丽卡神秘的丈夫可不是我的那杯茶。正是因为这个，我钦佩玛丽卡，她在面包店里看起来很幸福。她是个漂亮的金发女郎，穿着很随性，她似乎已经很习惯穿成这样。不过，我也有点儿同情她。这是她向往的生活吗？她没有别的梦想了吗？她看起来非常年轻，应该不比我大几岁，却已经结婚了，还在经营一门生意。她被禁锢在这个小村子里，而这里恰恰是我想要离开的地方。

去往萨尔塞多家的路上我一直在想玛丽卡。那是一个夏日的下午，阳光散落在人行道的石板上，我循着围墙和树木的遮蔽走在路上。每当我路过那些红砖房的时候都会想到玛丽卡。有那么一瞬间，我仿佛看到她倚在柜台上，一缕金发散落在额头，微笑着跟我说再见。我还看见她灰色的小狗欢快地冲出面包店的门，紧接着玛丽卡提着一个袋子走了出来，小狗伸了个懒腰，紧贴着她的腿。她离开了，她受不了这无休无止的雨天，受不了这份孤独。

我路过了玛丽卡曾经住过的房子。道路两旁树立着高高的围墙和铁栅栏，里面都是些别墅和大花园。我不清楚住在这些房子里的都是些什么人。它们属于村子里那些受人尊敬甚至是令人敬畏的家族，我们只听过他们的姓氏，却不认识他们。即便我们认识他们，比如现在我正要去的萨尔塞多家，也会觉得这个姓氏是高高在上的，我们能跟他们家族的人说上一句半句纯粹是个意外。事实上，我正要去拜访的正是萨尔塞多家族的一员，年轻的萨尔塞多夫人。

　　萨尔塞多家族对我家来说并不陌生。厨娘、女佣、园丁、司机……他们家所有这些雇员都出自我家。我也正是要去工作，这是一份暑期工。年轻的萨尔塞多夫人给我打了电话，希望我去照看她的孩子们。我从来没有见过她和她的孩子。她告诉我他们刚刚搬到这里，还没有去过村子，厨娘跟她提起了我，她知道我大概是什么样子，在学什么，有什么打算。尽管她没有明说，但是从她的语气听来，她对我挺满意，觉得我各方面都还不错。

　　"越快越好，就今天吧，午饭后你就过来，你觉得怎么样？"她说。"我想你见见孩子们，看看你们相处得怎么样。"

　　于是，下午四点半我来到了这里。我走在人行道上，躲避着强烈的阳光，路过一排排的栅栏和围墙，里面都是些富人用来避暑的别墅，它们的主人属于更广阔的世界，他们生活的重心都在村外。我也想离开这个村子，现在连年轻的萨尔塞多夫人也知道了我的计划。

　　我抬起手按下了铜铸花朵中央的门铃。这个门铃一直吸引着我，这是头一次它躺在我的手指之下，头一次我将它按下。

　　通往木兰别墅花园的铁门向我敞开着，我曾无数次从这里向里面张望。里面一个人影都没有。我顺着一条狭窄的土路继续前行，来到了一个阴凉的地方，这里种着各种各样的树，光线穿过树枝，洒落在灌木丛上，铺洒到草地上。木兰树很高大，不过绣球却更引人注意。花花草草环绕着别墅和石阶，我顺着石阶走了上去。

一位看起来不怎么和善的老妇人给我开了门，她让我等一下。我站在门口等着。这所房子对我来说光线太暗了。我感到很拘谨，几乎不敢向周围看。赚点小钱不是什么坏事，这个夏天我没有什么事情做，可是现在我想离开这里，甚至连招呼不打就逃出去，我不想见她的孩子们，不想跟他们待一会儿，也不想带他们出去散步了。

这时，一扇门打开了，走出一个瘦小的女人，她看起来并不起眼，走在街上我是不会注意到这样一个女人的。她微笑着亲了我的双颊，带我穿过走廊来到一个明亮的大厅。终于亮起来了！孩子们就在这里。加夫列拉四岁，艾克多尔两岁，还有一个婴儿睡在铺着绣花布的摇篮里。我对这个微笑着喋喋不休的不起眼儿的女人说，我会照顾他们的。我很熟悉小孩子，我们兄弟姐妹五个，我是老大。我有一个双胞胎妹妹，不过现在最好不要提起她。她恋爱了，这就是她生命的全部。我没法跟她说我打算离开村子的计划。她恋爱了，她和恋人生活的这个熟悉的村子就是她的天堂。特蕾莎，我的双胞胎妹妹，对我来说就像不存在一样。

"我知道你是个好学生，塞莉亚。"她说。

她的语气里带着心照不宣。她了解我的一切。她叫我名字的时候自然得让我惊讶，就像她已经很习惯这么叫我，已经跟我很熟了似的。但是我却不知道怎么称呼她，我还没有称呼过她。

很明显，年轻的萨尔塞多夫人是一个不求甚解的人，我怀疑她是否有能力接受太多信息。或者，她也并不感兴趣，对她来说她知道的已经够多了。

"这是我们头一次来这里过夏天，"她告诉我，"我的一个朋友坚持让我来。几年前她在这里开过一家面包店，一家精品面包店。"

我简直不能相信。这个女人看上去跟面包店里的金发姑娘一点儿关系都没有。

"玛丽卡。"我说。

"玛丽卡·坎波斯。你认识她吗？"她惊讶地问，想都没想面包店是一个面向大众的地方，难道我就不能在精品面包店里买面包吗？

不过我的确不知道她姓什么，我只知道她叫玛丽卡，可是姓氏又会改变什么呢？萨尔塞多夫人说出那个姓氏的时候就像那是一个有魔力的词，像是一把通往只有少数特权人士才有权进入的世界的钥匙。

"她在这里待了一个冬天，"我说，"那年总是在下雨。她去别的地方开面包店了吗？"

那个不起眼的女人做了一个完全不同意的表情，另外一个面包店？太可笑了！看在上帝的分儿上，试过一次就够了……

"她重新回到电影界了，那才是她该做的。"她说。"现在她正在拍一部电影。幸好她跟那个没用的丈夫离婚了。之前的一切简直太疯狂了。我真不知道她当初怎么想的。那个男人，那个罗伯托·恩西纳尔还是什么的，恩西纳尔或者恩西索，我不记得了，无所谓了，是个荒唐的男人，一个什么都不是的男人，他就知道待在那儿，一言不发地盯着你，上帝知道他脑袋里都在想些什么，我不知道玛丽卡看上他什么了，甚至还放弃了一切在这样一个村子里开了一家面包店，真是个糟透的主意。我不喜欢那个男人，他那么沉默，眼神那么犀利。

不过还好，最后她终于摆脱了他。也许她会来跟我们住上几天。她说想在这些衰落的别墅里给电影取景。她想拍一组穿越这些别墅的镜头，穿越所有的别墅和花园。"

她的目光停留在我身上，我知道关于玛丽卡我们已经聊得太多了。玛丽卡·坎波斯，她的朋友。我们重新回到了我们的话题上。

"你看，塞莉亚，你可以今天就开始工作吗？"她问道。"孩子们会慢慢熟悉你，到这儿之后他们应该去散个步。"

"今天不行，"我说，"我以为明天才开始。"

"没关系！"她夸张地摆着手几乎是喊道。"那就明天，没有问题。加比，艾克多尔，来跟塞莉亚说再见。你们会跟她相处得很好的。"

孩子们打量了打量我，最后给了我一个吻，然后在我的身边待了一会儿。

"你会跟我一起玩吗？"加比问我。

我跟她说是的，我会跟她还有她的弟弟一起玩儿，我会带他们去散步，给他们讲村子里的事情。我会把他们从监狱般的别墅解放出来，从那个看起来不起眼却绝不是善茬的年轻的萨尔塞多夫人身边解放出来。

现在我已经很清楚明天当我走向萨尔塞多家的时候会是什么在等着我。我会处理好的。夏天我很空闲，我需要钱，我也喜欢孩子们。

而玛丽卡呢？我依然能看到她在那里，双臂交叉在胸前，站在柜台的另一边，微笑着，为那个冬天连绵不断的雨辩解着。

我看着木兰别墅高高的围墙和栅栏。现在她已经回去拍电影了，她想把这里作为电影里的一个场景。我隐约看到摄像机滑过这些花园，这些我从未踏足过的花园。我暗暗问自己她是否会认出我,是否会跟我交谈,我们是否会一起回忆那个漫长的多雨的冬季,那时她还是这个村庄的面包师,这个我想要逃离的村庄。

我不知道。我只知道我走出了别墅区,走上了大路,阳光透过树冠散落到花园里,营造出一个与世隔绝的魔法世界,那个世界在栅栏的另一边。我没有像玛丽卡电影里那样穿过花园回到村子,也不知道她是否真的会像不起眼的萨尔塞多夫人说的那样回到这里。

6. 发现

塞莱多尼奥·科瓦莱多对一切都感到疑惑。他一直都生活在恐惧中。他最害怕的就是别人发现他的恐惧。这种恐惧从何而来？他无数次地问自己。他的恐惧来自于疑惑，塞莱多尼奥·科瓦莱多不知道自己是谁。所有人都知道，只有他不知道。他对这个问题甚至没有一点儿概念。他看着其他人，他们都是自己的主人，看起来都很有安全感，十分自信，仿佛没有任何事情需要防备，需要隐瞒。

他彻夜难眠，思考着怎么才能摆脱这种状态，却从未得出个结论。他问自己为什么会这样？他不知道自己到底是怎么了，他飘忽不定、犹豫不决、战战兢兢。这一切的背后隐藏着什么？既然每个人都必须得是谁，得是一个与其他人不同的生物，那么终有一天我也会发现自己是谁吧？

在黎明时分，他偶尔会有一种直觉，感受到自己是谁。是的，他是一个人，一个男人，不仅如此，他还是一个特别的人，一个与众不同的男人。当然，这种直觉很快就消失了，就像一道闪电，一束转瞬即逝的光，过后几乎让人记不起来，不留一点儿痕迹。

无论如何，最重要的是没人怀疑什么。人们对塞莱多尼奥·科瓦莱多的疑惑一无所知。这个在幼年的时候他就知道，那是另一次的灵光显现。他从一出生就掉进了没有安全感的深渊，而这绝不能让别人知道。他必须得生存下去，虽然他不知道这是因为什么又是为了什么，也许是在等待灵感再次眷顾他，为他一次揭开所有真相。事情就是这样，塞莱多尼奥·科瓦莱多接受了这一切，他对一切都逆来顺受，这是他一直遵循的法则。他还能做什么呢？他把真实的自己隐藏了起来，接受了一切。他被沉默掌控，沉默变成了他的保护伞。

塞莱多尼奥·科瓦莱多接受一切。尽管他害怕一切，但是他依然接受一切。

不过至少有一样东西他很确定。他是男的，不是女的。对其他人来说这些关于性别的问题有些神秘，甚至有些模糊不清。不过这些问题对他来说都很遥远，他远远地看着，他不理解，也不感兴趣。很明显全世界都觉得这些事情很重要。最好的办法就是随大流，也当作它们很重要好了。应该饶有兴致地说点什么开开玩笑，而不是疑虑重重，至少得微笑一下，或者看向别处。

大家都叫他赛赛。这是他在村里上学的时候大家给他起的外号。每次听到他的全名塞莱多尼奥·科瓦莱多，他就会浑身颤抖。塞莱多尼奥·科瓦莱多！真是个见鬼的名字，那么长，念起来还很有节奏感。那不是他。他害怕被别人发现，害怕人们因为他不知道自己是谁而惩罚他。一个这么长的名字背后可能隐藏着恐惧吗？他每次听到这个名字都会颤抖，就像他藏着一个秘密，一个宝藏。他喜欢把自己隐藏在赛赛这个绰号之下。赛赛才是真正的他，才符合他的疑惑，他的缺乏安全感和他的恐惧。赛赛可能是任何东西：一个孩子、一个男人、一个女人、或者一条狗。如果人们发现了他的秘密会怎么对付他？也许会把他送进某个恐怖的监狱来惩罚他的疑惑。

他没有安全感，他因为疑惑而踌躇不前，赛赛完全无法逃离这个困境，但是在别人的眼中，他却是一个最正常不过的人。

他的童年和青少年没什么特别的。住在村子里的时候，他总是跟胡利安·莫拉莱斯形影不离。胡利安是他的头儿，是一个机灵的帅气的男孩儿，很引人注意。无论他去哪赛赛都追随着他，就像是他的影子。赛赛重复着胡利安的话，模仿着他的表情，以为自己看得出他所有的梦想和欲望，并悄悄地把他的变成自己的。那是他们俩的梦想和欲望，但又不是他们的，因为他不需要负责些什么，他只要站在那里，永远站在他朋友的身边就好。胡利安沉默，赛赛就沉默。他笑，赛赛就笑。过节的时候他们追着女孩子们满村跑，他们挑战胡利安觉得烦人的规则，要抽烟的时候他们就抽抽旱烟。

那是一段幸福的日子。赛赛曾经以为生活会一直如此，只要懂得选择，只要能找到一个能保护他的人就好了，即使不了解他也没关系，只要他能在别人面前充当他的避雷针就好。这样他就可以尽可能地被大家忽略掉。

后来赛赛搬到了首都，开始了公务员的生涯。这给他的心灵带来了创伤。他想念他的朋友胡利安。他知道自己永远失去了他。生活是可怕的。他预感到生活会不断地经历失去。不过总的来说，赛赛是个模范生。别人做什么他就跟着做什么，不过总比别人做得少那么一点儿。跟他的同事相比，他不那么经常出去玩，话也少一些，动作也少一些。他尽量减少危险。社交法则是他最安全的保护伞。他从不犯一点儿错，从不走错一步路。晚上走不熟悉的小路？决不！上班迟到？寅吃卯粮？决不！赛赛小心翼翼地遵循着生活里的各种规矩，甚至到了荒唐可笑的程度。

规矩不是那么容易遵守的，更不能像赛赛这样遵守。可以遵循个大概，保持基本上随大流，这样不至于让自己变成怪人，但是如果要那么小心翼翼竭尽全力地去遵循，会让人筋疲力尽。赛赛已经到了不惑之年，他已经筋疲力尽了。他结了婚，有了三个孩子，做办公室工作，总之，他的一切都非常正常。

不管他喜欢不喜欢，他跟一个能解决生活中一切问题的女人结了婚。她是一个喜欢发号施令的女人，一个典型的萨尔塞多家族的女人。

有一天，塞莱多尼奥·科瓦莱多失踪了。像往常一样，他在家吃了早饭。他喝了一大杯咖啡，吃了一片涂了黄油的烤面包，这是他唯一的秘密喜好。接下来发生了什么就没人清楚了。他离开了家，却没有去上班，下班的时间也没有回家。没有人见过他。从来没有人注意过赛赛，没有人记得最后一次跟他说话是什么时候，没有人说得清赛赛是白天什么时候失踪的，也没有谁能确定他是白天失踪的。赛赛消失得无影无踪，无声无息。

尽管他的失踪很难被注意到，不过最后还是被发现了。他的座位空着，晚餐的盘子空着，双人床属于他的那一侧很平整，也空着。调查是第二天的早晨开始的。警察都要疯了，他们从未遇到过比这次更无迹可寻的案件。这个塞莱多尼奥·科瓦莱多曾经存在过吗？探长最后不得不问。塞莱多尼奥·科瓦莱多本人会给他一个否定的答案。

人们花了很长时间才弄清了赛赛的行踪。他顺着社会的台阶一步步走下去，变得越来越可有可无，直到陷入了黑洞，最后人们终于把他拯救了出来。

事情是怎么开始的有点模糊不清。很有可能是塞莱多尼奥·科瓦莱多在从家去办公室的路上撞到了什么，摔倒了，失去了知觉，然后可能有个小偷偷走了他的公文包，等他醒过来的时候，他发现脑子里一片空白，完全失忆了。事情可能就是这样发生的。

可以肯定的是这个新的赛赛在本质上跟以前那个非常相似。他不知道自己叫什么，在哪里，不知道他在这个世界上做什么，甚至不确定自己到底是活着还是死了。不过，与过去那个他不同的是，这种无知现在不会引起他一丁点儿的焦虑。虽然他不知道自己是谁，但是他也不在乎。

塞莱多尼奥·科瓦莱多准备怎么过他的新生活呢？那就是做想做的事情，饿的时候就去偷点吃的。他发现要使跟他差不多的人感到害怕非常容易，用武力可以得到一切想要的东西。从自身来看，他没有什么可以失去的，因为他一无所有，也不想拥有些什么或者成为什么人。没有什么能妨碍他的自由，也没有他不能逾越的界限。他甚至不用想会不会对别人造成伤害，也不需要遵循什么善恶黑白的道德标准，这些东西对他来说一点儿意义都没有。

他进进出出过很多监狱和收容所，他在天桥和大树下露宿。毋庸置疑，他破坏了所有或者说几乎所有社会规则。

他喝着劣质酒，在大街上晃荡，露宿街头，过着乞讨的生活，谩骂着对他避之不及的人们。

后来，他生病了，不过他也不在乎死神的逼近。如果连生活是什么都不知道，能不能走到终点还有什么重要的呢？不知道死亡是什么又有什么关系呢？塞莱多尼奥·科瓦莱多从不思考，他从没想过会存在另一种生活补偿或者惩罚他第一次的生活，从没想过会有什么法官来进行什么平衡。

他在一个小巷里迷迷糊糊地躺了几天。清洁工以为他只是一堆旧衣服。他们只负责把垃圾桶和废物箱里的垃圾倒进他们的卡车里，没有人付钱让他们打扫看到的所有垃圾。某个晚上，一个清洁工也不知道为什么走近看了看这堆黑黢黢的旧衣服，竟然发现里面有个男人。里面有一个人，里面是塞莱多尼奥·科瓦莱多，那个曾经怀疑自己是否是一个人、从来不知道自己是谁的塞莱多尼奥·科瓦莱多。

清洁工给市政府打了电话，告知他们巷子里有一个垂死的人，一个有权利死得有尊严些的人。

就这样，塞莱多尼奥·科瓦莱多被送进了医院，他们给他脱去臭气熏天的破衣服，一个护工使劲帮他把身体搓干净，给他换上了一件纯棉衬衫，让他躺在一张病床上。一张医院的床，几年来他头一次躺在床上。

不过，他是谁？有人知道他是塞莱多尼奥·科瓦莱多吗？连他自己都不知道。

塞莱多尼奥·科瓦莱多失踪了多年之后，他的妻子开始把他的失踪看作是神的旨意，是她对神不够敬畏而受到的惩罚。这个既能干又强势的女人，这个典型的萨尔塞多家族的血脉，对宗教曾有着深深的怀疑。她很难入睡。当她闭上眼睛，却只看到乌云，比煤还要黑的云。一些仿佛来自阴间的声音在她脑袋里嗡嗡作响，让她感觉整个世界都崩溃了。已经没有必要再作挣扎，还有什么可留恋的呢？生活没有意义，充斥着魔鬼。

丈夫的失踪让多洛蕾丝·萨尔塞多找到了一直尝试寻找的生活意义，那就是让自己忙个不停。她知道这只是为了转移注意力，为了分散精力。是时候为自己的罪孽付出代价了。她全身心地投入到了慈善事业中，积极地参加各种慈善活动，救助病患就是其中的一项。这是赛赛的老婆参与的慈善活动中的一个，她穿梭于各个医院看望那些没人探望的、没有名字的病人，那些被社会遗弃的人。

这项使命让这个女人忘记了自己的丈夫，把那些年轻时与丈夫的短暂回忆都抹去了。现在她已经不记得塞莱多尼奥·科瓦莱多了。她再也没有想起过他。

但是命运总有自己的安排。

她去了塞莱多尼奥·科瓦莱多住的医院，当然，她完全没有想到会遇到他。

她只是去做些寻常的探望。前些日子这家医院收治了一个疯掉的医生，家人抛弃了他，如果他有家人的话。多洛蕾丝·萨尔塞多跟他相处得很好。医生在偶尔清醒的时候也会自责。在某种程度上，这个男人，马克西莫·贝穆德斯和多洛蕾丝·萨尔塞多是同一种人。没有信仰的人都需要信仰些什么。她会跟他待一会，各自说说自己的事情，互相倾听着，这种时候很难区分谁是疯的谁是理智的。之后她就像往常一样问了问刚入院的病人和那些连名字都不知道的病人的情况。

她走进一间大病房，那里都是些刚入院等待被送去病房的病人。他们给了她一个在小巷里被发现的昏迷的男人的床位号。

多洛蕾丝·萨尔塞多来到这个不知道名字的男人的床边。

奇迹发生了。那个男人刚刚洗过了澡，被使劲地搓过，洗净了污浊，他穿着衬衫，盖着白色的床单。他睁开了眼睛。

他说：你是多洛蕾丝·萨尔塞多。我是赛赛，你的丈夫，我的全名是塞莱多尼奥·科瓦莱多。

多洛蕾丝·萨尔塞多差点晕过去。塞莱多尼奥·科瓦莱多！她都已经把他忘了！当然，塞莱多尼奥·科瓦莱多是她的丈夫，但是这个男人真的会是他吗？

从很多地方都可以看出他就是他所说的那个人。他从床上欠起身，非常理智地跟她说着话，从他身上能发现他以前生活的细节。最后，他对她说：

"现在不是悲伤的时候，我们应该做该做的事情。我终于知道自己是谁了，尽管我也不是现在才知道的。这些年应该被忘记，需要被忘记。我们忘了一切吧，忘了这些年和以前那些年。当然，你没必要跟我一起生活，尽管我已经做好准备跟你一起生活了，我想跟以前的自己保持一些联系。总之，由你决定。"

多洛蕾丝·萨尔塞多依然陷在深深的震惊之中。过了这么多年，她已经习惯了一个人的生活，这时候她的丈夫竟然再次出现了，说的话竟带着神谕的味道。既然是神的旨意，谁敢违抗呢？

塞莱多尼奥·科瓦莱多的康复是个奇迹。出院后多洛蕾丝·萨尔塞多把他接回了他们以前的家。

现在的塞莱多尼奥·科瓦莱多，我们的老赛赛怎么样了呢？跟他不熟的人可能察觉不到他的变化。不过他已经完全不同了。他变得跟其他人一样了。

他不比其他人有更多的困惑，更多的恐惧，也不比其他人更自信，更有安全感。某些晚上，他一下子就睡着了，而另外一些晚上，他却失眠了。失眠的夜晚，他悄悄地走出卧室，尽可能不吵醒他熟睡的妻子。他走进厨房，热一杯牛奶，坐到桌边慢慢地喝着。如果一个人失眠了还能做些什么呢？

他回忆着自己的生活，就像在脑海里播放着一幕幕电影片段。他没有思考什么，只是在脑子里过着那些影像。每过一会儿，他就会看看自己的手，手中的咖啡就像是一口黑色的井反射着光线。

他看着双手，对自己说一切都在变化，而且转瞬即逝，不过手还是那双手，我们用手拿起一切又放下一切，一切都掌握在手中，一切都在这里。他用手指夹起一根香烟，却没有点燃。他的眼神亮了起来，就像突然回到了以前幸福的时光，那时候安全感就是手里的一根香烟，就是知道他的身边有着某人，他一生中最好的朋友，那个全村人都喜欢都愿意亲近的人。

7. 游戏

　　玛贝尔·托雷斯刚刚过了五十岁的生日，她想现在是时候可以做些以前不敢做的事情了。她也不知道到底是些什么事情，随便什么都好，反正现在可以去做了。

　　日子一天比一天更漫长，也一天比一天更无聊。孩子们都已经不在家住了。她的丈夫博尔哈话很少。他总是很晚才回家，然后就拿一瓶啤酒，倒在沙发上，看着电视。他的眼睛很快就闭上了，他已经精疲力竭了。他不想说话，有什么可说的呢？这个时候没什么可说的。

　　一天即将结束的时候，玛贝尔，这个五十岁的女人，看着躺在沙发上疲惫不堪打着瞌睡的丈夫，也没有意愿跟他说话。她没什么话可跟他说。白天发生的事情没什么可说的，而且她也不记得了。

　　不过，躺在沙发上有气无力、一言不发的丈夫让她觉得有点心烦。说不清为什么，但是就是惹她烦了。也许问题既不在他身上也不在她身上。也许这是生活的问题。生活有时候很烦人。

　　玛贝尔突然冒出一个想法，一个小小的想法。独自过一整天，仅此而已，只是一个月一天而已。她不敢向他提出这个要求吗？"你看，"她在心里默默地对丈夫说，"只是一天，我只想要一天。一整天都一个人待着，不用想午饭吃什么，晚饭吃什么，什么都不用想，不用想洗衣服的事情，什么也不想，就像是放一天假，像学校里那样。你不要往坏处想，我没有什么别的要求，就只是一天。"

看起来很简单，为什么不敢说出来呢？她在心里一遍遍地演练，她不知道说这些的时候应该用什么样的态度，什么样的表情。对博尔哈说出来并不难，但是也许她永远不会说出口。

每天早晨起床的时候玛贝尔都想把这些话一股脑儿地对她丈夫说出来。她对着卫生间的镜子说，我已经五十岁了，是时候做我想做的事情了。我想要一天的自由。仅此而已。我没说想环游世界，没有要求不可能的事情。我只是想任由衣服扔在地上，不用托盘随意地在床上喝杯咖啡，咖啡滴在床单上也无所谓，吃的满床都是面包屑也无所谓。我只是想按照自己喜欢的方式过个上午，也许一直穿着睡衣，饿了的时候再吃东西。如果愿意，就喝一整瓶红酒，舒舒服服地在沙发上看看电视，看看那些无聊的节目，也不知道为什么以前我从来没有看过，可能是因为我觉得那是浪费时间吧，不过，这正是我现在压根就不愿意想的，我个人半浪费时间，随便看或者不看那些无聊的节目。哪怕什么都不做，如果心情好就去逛街，和朋友煲个电话粥。我说不清，现在我想不出别的什么了，也许也想不出什么新花样了，我只是想单独待一天。夜晚不会来临，博尔哈也不会精疲力竭地回到家，问我晚饭吃什么，我不用看着他瘫倒在沙发上，仿佛整个世界的疲惫都压在他身上，压垮了他。只有那么一天一夜，别无他求。

特别是晚上。我希望当下午过去、夜晚来临的时候可以独自地、平静地度过，就像什么都没发生，就像只是个简单的时间过渡，不会有什么筋疲力尽。谁会在乎这一天的结束，一天过去了又怎样，谁在乎夜晚的再一次降临，那只是另一个夜晚而已。时间的流逝，那些开心的、悲伤的、充实的、匆忙的、空虚的时刻的交替，这一切又有什么重要的？我没有任何义务要强颜欢笑，我想怎么样就怎么样，也没有任何义务要说点儿什么，找一个话题试图把沙发上的博尔哈从他的沉默和疲惫中唤醒。想睡觉的时候就睡觉，不管几点都可以。十一点也好，十二点也好，凌晨也好，都无所谓。也许在睡前我还要试试衣服。一直以来我都想要在这个时间试试衣服，却从来没有这么做过。去年的衣服，几年前的衣服。如果博尔哈发现我这样不知道会跟我说些什么，不知道会怎么看我。是的，这就是我想做的，就是这些。

玛贝尔对着镜子里的自己说。她是在对自己说的，也是在对博尔哈说。她不知道能不能鼓足勇气对他说出来，不知道最后能不能实现这个小小的心愿：获得一天的自由，一天的假期。

一天晚上，当他们俩在厨房吃饭的时候，她突然感觉到自己的内心涌动着一股强大的力量。博尔哈刚刚发了一顿牢骚。他说他想退休，却怎么也盼不到头。他不想再工作了！他从十八岁起一直都在工作，已经到了极限。这么努力都是为了什么？这样活着有意义吗？

玛贝尔没有再听他说。她已经鼓足了勇气。她异常平静地把话都说了出来，她想要一天的自由。

没想到的是博尔哈竟然表示了赞成。

"一天自由，"他说，"那么你想让我晚上做些什么呢？我去哪里睡觉呢？"

"酒店。"

交谈顿时热烈起来了。他们俩都觉得让博尔哈每个月去他兄弟家过一夜是不可行的，他们会怎么想呢？此外，那该多么无聊！掺和到另一个家庭的生活中去，和他们一起吃饭一起看电视，晚上还得听他们的呼噜声，在走廊上一次又一次遇到他们。决不！

酒店是不错的选择。一个月住一天酒店，为什么不呢？应该选什么档次的酒店呢？他们算计了一番。他们借助了电话簿寻找合适的酒店。博尔哈不再感到疲倦。他想他需要买一个带轮子的小行李箱，并且开始想象他未来的酒店房间，想象自己躺在床上手握遥控器看着电视，床头柜上还放着一杯金汤力。他再次恢复单身了，自由了。走廊上传来女人的笑声。这些独自旅行的女人吸引着他的注意。他对生活依然知之甚少！

他觉得妻子的建议非常不错，就像一阵清新的空气。现在他还不想告诉别人。

于是他们就这样达成了共识。他们随便选了一天，一个周二。每个月初的周二。

对玛贝尔来说，一切都像想象的一样，甚至比想象的更好。为什么要拖这么久才达成一件这样简单的事情？不过现在可不是叹气的时候，而是应该抓紧时间享受。这简直太棒了，人类的脑袋里不应该有那么多的恐惧，有时候东西触手可及，但是我们却看不到，不过现在我们终于看到了。

这些假期的大多数日子，玛贝尔没有什么特别的事情。她不去收拾地上的衣服，不整理床铺，不打扫屋子，也不做饭，她一边洗澡一边唱歌，饿的时候就打开冰箱随便做个三明治。她或躺在沙发上，或出门购物，或出去健身，煲电话粥，喝啤酒，做一切想做的事情。

自由日的某个下午她会约个闺蜜去喝杯咖啡，聊聊各自的小秘密，说说笑笑。回到家的时候她感觉很好。和朋友共度下午之后回到家的时候她感觉最好。这是一种久违的感觉，是幸福的感觉。有了这个发现之后，她开始尝试为自由日做些规划。她总是会约一个闺蜜。其实玛贝尔跟她们在一起的时候，会觉得有点无聊，虽然她在笑，尽管她似乎在听，但是总会想回家，不过有闺蜜是件好事。晚上玛贝尔躺在沙发上，她很满意自己有这么多闺蜜，很满意自己再次拥有了朋友。

有一天她突然冒出一个想法。她想起她认识的那些男人，那些可以跟他们有点儿什么的男人。其中一个是她的家庭医生，不过他疯了，这让她很失望。最初，她以为他只是为了避开她。医生躲着她是不想把生活复杂化。没想到的是，他竟然跟她说已经不能再为她做什么了，她得换个医生。他说得既突然又干脆。她整个人都惊呆了。后来她才知道他疯了。虽然还是很失望，不过有了另外一种感觉，现在完全不是她的问题了。

她很喜欢那个男人。甚至觉得自己已经爱上了他。她不称呼他"医生"，而是叫他的名字，马克西莫，就像他们已经认识了很久一样。他们以"你"相称。马克西莫在看完病之后会把手搭在她的肩上把她送到门口，她能感觉到马克西莫给她的身体带来的温暖。

"多保重，玛贝尔，如果有什么问题就给我打电话，无论什么事情都可以打给我。"

她非常信赖他。马克西莫理解她的一切，知道如何诠释她的痛楚和疲惫。他向来很有耐心。他们谈天说地，她在他海蓝色的眼睛里可以看到自己的影子，瞳孔里的她娇小而又神采奕奕。对他来说她不仅仅是个病人。其他的病人也会这么想吗？马克西莫疯了。他赶走了所有病人。他爱所有人吗？她能感觉到马克西莫爱她。

奇怪的经历，奇怪的生活。

还有另外一个男人。奥古斯托·里奥弗里奥。她跟他的关系更亲密一些。那时候她还没有结婚。他们说过好多次要约会，却一直没能兑现。当别人没有注意到他们的时候，他们会用充满欲望的眼神望着对方，会在家里或者饭店空荡荡的走廊快速地亲吻。她总能在公共场合、在人群里看到这个朋友，她觉得这也不错。这不会是一次婚外情，谁想要在这个年纪冒这种险，她只是想让下午的生活更丰富些。为什么只能有女性朋友？也可以有男性朋友。跟男性朋友在一起谈论的事情是不一样的，他们看她的眼神也是不一样的，跟他们在一起的时候，笑有另外一种意义，没有那么单纯。为什么不可以呢？只是为了让自由日的下午更多姿多彩。

这就是她脑子里的想法。她要给她的老朋友打电话，她想要一个男人的友情。

但是他的老朋友可没有什么自由的下午。也许他有，却不愿意承认。他提议一起吃午餐，还推荐了一家他觉得不错的饭店。

"谢谢你能跟我一起吃午饭，"他说，"我非常开心。"

老朋友的话让玛贝尔的心怦怦直跳，甚至有点脸红。她看着已经挂了的电话，问自己给奥古斯托·里奥弗里奥打电话是不是个好主意。她怀念那些跟闺蜜一起度过的下午，那种回到家幸福的感觉，虽然她依然没有失去这种日子，也永远不会失去，不过现在这一切似乎受到了威胁。为什么老朋友要用那个词，"开心"？为什么要暗示过去，过去的那种开心，那些跟吃饭无关的开心？他虽然说得很隐晦，但她也感觉得到。这让她觉得不舒服，过去的味道，那种驱使他们在空荡荡的走廊上亲吻的欲望，通过电话传了过来。

终于到了约会的日子，那是二月的第一个周二，阳光明媚。虽然还是冬天，却有了春天的气息。博尔哈一大早就拖着他带轮子的小行李箱离开了家，二十四小时之后才会回来。他一走玛贝尔就感觉到幸福洋溢。那是一种年轻的感觉，毫无疑问是因为即将到来的约会。

约会是件非常有趣的事儿。这一天她收拾了床铺，打扫了房间，一边听着音乐、跳着舞一边把盘子、杯子等餐具从洗碗机里拿出来，还晒了衣服。她简直停不下来，她充满了能量。最后，她冲了个澡，洗了头发，还做了个发型。她打开衣柜，试了一件又一件衣服，放弃了之前想好的裤子和外套的搭配，选择了更年轻的款式。她选了一件合身的黑色 T 恤和一条牛仔裤。是的，她依然还穿牛仔裤。这样穿她觉得很有把握。

她没跟任何人说起过这个约会，甚至也没有跟闺蜜们提起。这是个秘密。也许以后，当她知道最后结局如何时会说。她说不好，也不在乎。此刻，她感觉良好，不需要去想未来，那都是以后的事儿，没必要想那么多。这是自由日，自由日就是为了不用考虑那么多。

自己开车去，打车去还是坐公交去？这是现在唯一需要考虑的问题。为什么要约在一个离她家那么远的餐厅呢？她想起来老朋友告诉过她不必为了车的事情发愁，饭店有代客停车。好吧，那就开车去吧。

也不知道为什么她突然觉得胃部有点刺痛，也许是紧张在作祟。一个多年之后的约会，有意义吗？这是个没必要在意的问题，应该被搁在一边。其实也许没有意义，但是又有什么要紧的呢？只是一顿午餐，几个小时而已。没有人会知道，就像根本没有过什么约会一样。

这样想让她觉得平静。没有人知道这个约会的存在，还好她没有跟任何一个女性朋友提起过。没有什么约会。他们甚至可以约在家里，也是一样的。不得不承认这很有趣。所有的情感都很有趣，都很特别。

她已经坐在了车上，手握方向盘，她再次感觉不错。今天天气真好！甚至不用穿大衣，只穿件皮衣就够了。生活有时候是多么的美好，多么的甜蜜！

通常她不喜欢开车，但是今天，此刻，她喜欢。五十岁，她暗自说道，我只有五十岁。当她还小的时候，她觉得五十岁已经很老了，但是现在，穿着牛仔裤和皮衣，她觉得也没有那么老，她觉得自己还很年轻。生活还长着呢。

她行驶到了饭店坐落的那条街，餐厅近在咫尺。她发现人行道旁有个空的停车位，她可以把车停在那里。也不知道为什么，她就是想把车停在那个离餐厅几米远的地方。她想走几步，想自己停车，不想麻烦代客停车的门童。这样做很傻，不过她就想这么做。

她很享受这短短的一段路。道路两旁种满了树，是些什么树呢？她也不知道。当然，应该是常青树一类的，因为现在是冬天，树上却依然挂满了叶子。像是大的灌木，有点像冬青，叶子小小的，尽管有点脏，但是看起来还是油亮油亮的，也许刚刚被浇过水吧。玛贝尔看着玻璃门和橱窗里自己的样子。她喜欢。这个约会貌似不存在，却实实在在地在这里。能有个约会真是太棒了。

不过这家她从没来过的餐厅却让她很失望。餐厅看起来很拥挤，桌子都紧挨着，噪音也很大。她一眼就看到了她的老朋友。他坐在一个小小的吧台前面，离大厅有一段距离。看来他已经等了一会儿了。

玛贝尔看了看表，他们约在几点来着？难道不是两点半吗？

"不，"奥古斯托·里奥弗里奥说，"我们约了两点。"

"不可能，"玛贝尔说，"我肯定我们约的是两点半。"

"我们别讨论这个了，"奥古斯托·里奥弗里奥说，"我们都多久没见了。"

玛贝尔很奇怪奥古斯托竟然没有称赞她漂亮，以前他总是会跟她说类似的话。

决定吃什么之前他们先叫了点开胃小食。玛贝尔点了杯苦艾酒，尽管她非常清楚这种酒很快就会上头。也许她就想这样，让头感觉晕晕的，像踩在云彩上一样。是的，在云端，而不是在这样一个所有人都在扯着嗓子说话的拥挤餐厅。此外，他们还在看她。她觉得大家都在看她。为什么呢？也许是因为大家都靠得太近，所有人都互相看着。有人认识她吗？他们看见她跟一个不是她丈夫的男人在一起会觉得奇怪吗？以后会有人跟博尔哈说起他在这个餐厅看见她和一个男性朋友在一起吗？用似乎无意的语气提起，没有恶意地提起。也许这会发生。

但她已经不在乎那么多了。喝完苦艾酒她又喝了红酒。奥古斯托点了一瓶不错的红酒。他对着餐单研究了很久才郑重地点了这一瓶，似乎很懂行的样子。玛贝尔觉得饭菜有点噎人，不过酒还不错。

不，她一点儿都不喜欢奥古斯托·里奥弗里奥。说实话她觉得他很自负，甚至有点烦人，他以为自己是谁？发生在他身上的事情都那么有趣吗？他不停地在说自己的事情。没有问玛贝尔一个有关她的问题，就像他一直都跟她保持着联系，一直都非常了解她一样。

玛贝尔有点醉了，她试着找个机会说点什么开个玩笑。她努力让自己高兴点儿。这是她的自由日，应该喝点什么笑一笑，想说什么就说什么，说说所有被这个老朋友忽略的事情。

奥古斯托·里奥弗里奥看了看手表，说他五点整必须回到办公室，他有一个重要的会议。然后他坚持说约了她两点见面，因为他没有太多时间。

约了几点又有什么要紧的？谁在乎到底约的是几点，谁在乎到底是谁弄错了？最奇怪的是奥古斯托的手毫无预兆地放在了玛贝尔的手上，然后就停在了那里，把她的手压在桌布上，这是为什么？

不过还好，现在他们已经走在街上了。

"不，我没有让他们帮我停车，我把它停在路边的一个空车位了。"

玛贝尔含糊地指了指马路尽头。奥古斯托·里奥弗里奥搂住了她的肩膀。

"我陪你过去。"他说。

这没有任何必要，她想。但是她无法摆脱他，她没有力气。

他们来到车前。奥古斯托出其不意地拥抱了她还吻了她。她没有反抗。当她从车里跟他挥手告别的时候甚至还微笑了一下，就像她喜欢这个吻，这正是她期待的一样。

她不清楚自己是怎么回到家的。她完全喝醉了。她怎么会喝了这么多？也许是因为喝得太急，又吃得太少。那家餐厅为什么会那么有名？菜品很一般，没什么特别的。玛贝尔厨艺不错，懂得区分好坏。

她感到浑身无力，没办法控制自己的身体。她头晕得要命，觉得要难受死了。她走到卫生间，趴在洗手池前，抠喉咙催吐。所有东西都被吐了出来，红酒和苦艾酒里夹杂着食物的残渣，她吃的那点东西都吐了出来。一股酸臭的味道涌了出来，不过吐过之后身体轻松多了！所有这些对她的身体来说都很奇怪很不友好。现在都被吐了出来。

她洗了把脸，喷了点古龙水。如果有力气她还想洗个澡，不过她还没有完全好起来。她好多了，几乎完全好了。她烧了点水沏了壶茶，然后坐在沙发上一杯接着一杯地喝茶。她没有放音乐，一个下午就这样过去了。

但是她内心在躁动。下午不应该就这样在家里待着！自由日不应该就这样结束。她给一个闺蜜打了电话。幸运的是，她的朋友布兰卡·坎波斯也正无聊，也想出去待会儿，喝上一杯。她们约在了一家咖啡馆。玛贝尔并不想告诉布兰卡今天发生的事情，没有必要说这个，她只是不想浪费了下午的时间，不能让这一天虚度了。

她再次手握方向盘的时候想：这一天也没有虚度，一切都还好，一切都回到了正轨上来。今天是有一点混乱，但又都回归了原位。跟奥古斯托·里奥弗里奥的约会并不是真的那么让人失望，他们只是有点话不投机，仅此而已。生活里总是会遇到各种话不投机，试一下也没什么不好。

她没有换衣服，依然穿着牛仔裤和皮衣，依然对自己的样子很自信。她甚至都没有梳头，但是她知道也还看得过去。尽管她之前醉了还吐了，不过现在好得差不多了，还能见人。此外，这又有什么要紧的呢？

她坐在布兰卡的旁边，布兰卡正喝着一杯威士忌。玛贝尔点了一杯茶，酒精让她难受。她跟布兰卡说午饭的时候她一不留神喝了一整瓶红酒，她难受极了，不得不吐了。

"有时候是这样的，"布兰卡说，"我也不止一次发生过这种事情。"

布兰卡一个人住。嗯，也不算一个人，她还有一条狗。她经常跟狗说话，把它当成一个人。它叫塔西亚，所有朋友都知道，大家说起塔西亚都把它当做人。布兰卡的生活就是为了让塔西亚幸福。布兰卡跟塔西亚经常在田野里散步，每次她都会认真地总结。布兰卡总能发现可以跟塔西亚散步的地方。这可不是那么简单的事情。布兰卡喜欢解开讨厌的绳索让塔西亚小跑一会儿。狗必须得牵着，但是不是所有狗都是一样的！塔西亚就非常温顺，就像一块软绵绵的面包。布兰卡一大早就起床带着塔西亚去田园之家散步，那里还有其他一些早起遛狗的人，他们彼此有些了解。她有时候会停下来跟其中一些人聊一会儿。当然聊的都是有关狗的话题。她并不是跟所有人都聊天，有些人很不友好。如果让他们抓住机会，他们还会变得很暴力，他们不配养狗。

布兰卡是个离异的女人。她说独居的危险之一就是容易喝多了，这是无意识的。最好就是别在家里放酒，如果想要喝一杯酒就去酒吧，她总结说这样最好。

玛贝尔为什么不告诉布兰卡实情呢？很简单，因为她不希望再回忆起这件事。没有什么约会，从来没有过。那个小小的失望，那种话不投机，奥古斯托·里奥弗里奥压在她的手上的手，还有那个吻都没有存在过。

布兰卡话很多，她总有讲不完的事情。刚说完塔西亚近来的趣事就开始讲她的家庭，讲她刚刚丧偶的父亲。她母亲大约一年前去世了，父亲现在很依赖她，还好她不跟他住在一起。她还讲到她的弟弟和妹妹，弟妹和妹夫。

现在她说到了她最小的妹妹玛尔。她病了，她无法接受母亲的死。她不敢回家，那曾经是她觉得幸福的地方，妈妈一直都在那里等着她。父亲现在很少提起母亲，这让她觉得不能接受，就像那段漫长的岁月都已经被抹去了。某种程度上布兰卡理解她的小妹妹，但是同时，她也理解父亲，尽管这对她来说有些沉重。她的母亲在家里一直占据很重要的位置。父亲大部分时间都把自己关在房间里，不知道在做些什么。也许他就是想自己待着，布兰卡能感觉得到他依赖着这份孤独。他现在的要求的确很多，不过也不是那么难对付。他既自私又有很多怪癖，但他毕竟是她的父亲。有时候布兰卡会对他说谎。她跟他说自己有很多工作，所以不能去看他。比如今天。当她正准备出门跟玛贝尔见面的时候，电话响了。是父亲打过来的，就像他预料到了她要出门一样。她跟他说她约了一个同事，那个同事需要她帮点儿忙。工作总是她的借口。

布兰卡喝得很慢。孤独教给她酒要慢慢品味。

玛贝尔倾听着，她很奇怪为什么布兰卡从来不问她什么，就像确信她的生活没有任何问题一样。在某种意义上这样更好，特别是今天，她什么也不想说，这样最好。友谊不仅仅建立在语言上，也不仅仅建立在理解上，有时候，友谊只是一种陪伴。

玛贝尔找到了往常自由日的感觉，回到了家。今天有些不同，但是也很有意思。那些让人不快的事情，趴在洗手池上的呕吐，已经不那么重要了。之前的一切，餐厅、交谈，或者说是独白，奥古斯托的无趣，车旁的那个吻，都没什么让人不快的，只是有点奇怪而已。她不会再做这种事情了，这些事情没有留下任何痕迹，也没有那么烦人。

已经一点都不烦人了。甚至喝醉了也没什么。没什么可烦的，因为有了自由日，生活已经很好了。玛贝尔感受到了自由。虽然一个月只有一天，但是却可以从这短短的一天中获得很多能量，那是必需的能量。

周三的中午，当博尔哈回到家的时候，玛贝尔几乎是热情地迎接了他。跟他一起住了将近三十年不是没有意义的。她还没有厌倦他。她爱他。

每个月第一个周三的中午，玛贝尔总是话很多。她不会说自己做了什么见了谁，却有很多话说。她的心希望被倾听。

博尔哈充满好奇地望着她。他想知道妻子都做了些什么，为什么看起来这么幸福。不过他的脑袋里还装着其他事情。玛贝尔含糊地对他讲述着她的一天，而博尔哈在思考自己的事情。

他现在真的很快乐。他在经历一场婚外情。他感觉再次年轻了起来，充满活力。

最初的那几个月，酒店里的日子跟他想象的并不一样。他打开电视，喝一杯金汤力，躺到床上。直到这里跟想象的是一样的。但是，随后一切都变了，美好的感觉没有持续。第一次，他忍住了。他留在房间里，叫了晚餐，吃完后就立马钻进了被窝。第二次，房间让他觉得压抑，所以他离开房间去了酒店的酒吧，喝了第二杯金汤力。他幻想有个魅力四射的女人走进酒吧坐到他旁边，望着他，跟他交谈。他们一起出去吃晚餐，然后……是的，一起回到酒店，或者再去酒吧喝一杯，不过最后还是会回到酒店。那个女人也住在同一家酒店，她跟他一样都是旅客，都是自由的。

从那以后他总会去酒店的酒吧等待那个女人的出现。

但是，他等来的并不是一位单身的女性旅客。

那个女人是酒店的工作人员，有时候出现在前台，有时候出现在出口附近的走廊。她总是穿一身海军蓝套装，头发是束起来的，看起来很干净利落。她描着深色的眼线，抹着红红的嘴唇，总是面带微笑。她香水味淡淡的却很强烈。她给人一种整洁的感觉。

她来到吧台坐在他的旁边。

"又见到您了，"她说，"您是哪里人？"

"其实我是马德里当地人。"

前台小姐点点头。

"生活就是这样。您喜欢回到您的城市吗？"

"非常喜欢。"

博尔哈很快为自己编造了一份工作和一个住的地方。一个家庭？还是算了。他们开始以"你"相称。

"我请你喝一杯。"

"我晚上有空。可以等我一会儿吗？我去换个衣服。"

晚餐的时候，前台小姐埃莱娜告诉他几个月前她就已经注意到他了，那时候她就想要多了解他一些。

"正如你所见，我一个月会来马德里一次。"晚餐快要结束的时候博尔哈说。"我非常想跟你约会，晚上我没什么事情做，这你也是知道的。你可以把你的休息时间跟我来马德里的时间协调一下吗？"

埃莱娜已经思考过这个问题了，这个很好办，当然需要提前几天知道他的行程。博尔哈打开自己的记事簿。

"十二月四日我会再来，"他说，"我会把房间预定好。"

接下来的几个月他们都做着同样的事情。

他们不再在酒店的酒吧见面了，也不会回酒店过夜。他们在另外一个酒吧约会，吃晚餐，喝点东西，然后就会回埃莱娜的家。她不想让酒店经理发现他们的事情。酒店规定职员不能跟住客纠缠不清。第一次的时候有点危险，不过什么也没发生，因为酒保是她的好朋友。

博尔哈早晨会回到酒店，取他的东西，付账，然后去办公室，中午的时候再回到家。

埃莱娜对他说：

"既然你不在酒店过夜而是住在我家，为什么还要花费一夜住宿费呢？下次你可以直接来我家。你知道，那天我是休息的，我会等你。"

博尔哈不敢拒绝，而且盘算了一番之后他觉得这是个好主意。玛贝尔并不知道他住哪家酒店。就这样决定了。他做足了准备。如果他需要什么，他会给她打手机。这就是科技进步带来的好处。不过他有点害怕，酒店是他的落脚地，是他夜不归宿时在马德里的家。他怕失去它。

他带着礼物来到埃莱娜家，他买了一瓶香水。他省下了在酒店过夜的钱。他们去了一家更贵的饭店吃饭，这样更好。埃莱娜的住处虽然很小，却很舒适。

他并不怀念酒店的生活。埃莱娜会为他准备一杯酒，有时他们还会在家里吃晚饭。博尔哈总会给她带一件礼物，一个包、一条丝巾、或者一个钱包什么的。

一个月一次。这是个好计划。这样不会使他们感到厌倦。

他把自由日的事情告诉了朋友们，却隐瞒了埃莱娜的事情。他只是说他和妻子决定每月给对方一天自由日。他告诉他们这改变了他的生活。朋友们用嫉妒的眼神看着他。

"那你晚上都做些什么？去寻开心吗？"

"一般来说我就待在酒店。我喜欢酒店的生活。"

"你住的是哪家酒店？"

"每次我都换一家新的。我在了解马德里的酒店。"他看起来兴致勃勃。"你们也试试这个游戏吧，先生们。"最后他搓着手说。

他为什么要这么说？也许是为了向大家暗示他人生的新游戏，他的婚外情。

不过后来他就没有继续说下去了。事实上最好什么都别提。

他的婚外情持续了九个月，除了八月份，八月没有自由日。夏季一整个月都是假期，再拥有一个自由日有点荒谬。

这几个月博尔哈感到很幸福。玛贝尔什么也没有怀疑，她也很幸福。

十月的第一个周二，在那个温暖的金色黄昏，博尔哈正驶向埃莱娜的家。汽车的后备箱里载着他带轮子的小行李箱，箱子里装着换洗衣服、睡衣和洗漱包。他买了一个用白银装点的波西米亚水晶盒。他不知道这个有什么用，但是很漂亮，是个装饰品，或者是个首饰盒。她会知道用它来做什么的。博尔哈哼着歌，却听不出个调子，他对自己的五音不全一笑而过。他不能拥有一切。

埃莱娜没有马上开门，她没有准备酒，也没有打扮。她说她不是生病了，只是有点累。去哪里吃饭？不，她不想出门，也不想准备晚饭。她撕开礼物的包装，看起来就像是想随便找点儿什么事儿做，一点都不兴奋。她看着那个水晶盒仿佛不知道那是什么也不知道拿它做什么用。博尔哈知道他犯错了。他不该买那个水晶盒，一切都做错了。

所有事情都改变了，一切都不受控制了。他想到了他的妻子，她应该对发生的事情负责。自由的一天，这真是个坏主意。自由日待在马德里的酒店里装作是商务代表，一个旅客，虚构一种生活，真是太荒唐了。

埃莱娜把目光从那个水晶盒挪开，目不转睛地盯着电视屏幕。

"我做错了什么吗？你不打算跟我说点儿什么吗？"

"是你一直什么都不肯说，现在我累了。今天下午我做了一个决定。如果你愿意你可以留下来睡觉，我不会赶你走，但是这是最后一次了。我们结束了。"

"我说不清楚，但是上一次你看起来还很高兴啊，发生什么了吗？”

“我累了，我已经说过了。我不想解释什么，我们一直都是这样，不是吗？从不解释什么。你出差的时候我们见面，一个月就一次。所以你也没有什么权利。”

“也许一切都可以改变，”博尔哈犹豫不决地说，“一切都可以改变。或许我可以多留几天。我们可以商量。”

“已经没什么好商量的了，太晚了。我已经决定了。我不想继续说这个了！如果你决定留下来，那么请你不要继续说了。这是我对你唯一的要求！”

这个女人仿佛变成了一堵墙，一堵真正的墙。最好还是走吧，去找家酒店，离开这里。但是他却做不到。他觉得身体很重，他动不了，瘫在了那里，只能眼睁睁地看着，看着埃莱娜怎么看电视，怎么看那个放在桌上的水晶盒子。它看上去可笑极了，越看越可笑，他怎么会想起来买这样一个东西？他太自信了，太随意了。这就是过于自信的后果。你买了一个可笑的东西，然后你的情人就把你抛弃了。

你的情人？直到昨天她还是你的情人，就在刚刚、几分钟前她还是。可是现在你拥有什么？什么都没有。没有情人，没有老婆，今天晚上你一无所有。

博尔哈还是留在埃莱娜家里过夜了。他睡在沙发上。一大早没有告别就离开了，甚至都不知道埃莱娜是否还在家。也许她在他醒来之前就走了。奇怪的是他一下子就睡着了。

他感到萎靡不振，没有力气。他不需要想太多，只需要去上班，然后回家。事实上他很想回家，想生场病，比如一场不怎么严重的感冒，在床上躺上一个星期。他想从这个世界上消失，躲起来。自由日不是什么好主意，不过都结束了。没有人可以强迫他在家外面过一天。现在他对酒店不感兴趣了。

工作的时候，他试着不去想埃莱娜。他被深深地伤害了。有那么一刻，他望着她，知道一切都结束了，他怀念那些没有跟她住在一起的日子。他希望更多地了解她，更爱她。突然，他又陷入了思念。生活本来是可以改变的。谁知道呢，甚至可以换份工作。现在他感觉到又要继续面对一段灰色的单调的生活了。他以前从来没有这样想过，生活灰暗和单调得可怕。

他想回家，想在家里寻求庇护，找到点什么证明生活没有那么灰暗和单调。

他看见玛贝尔正在厨房里忙来忙去。她系着围裙，面色红润。厨房里很热，有好闻的味道。

"你能收拾下桌子吗？"玛贝尔说。

博尔哈收拾了桌子。他不会跟玛贝尔说有关自由日已经结束了的事情，现在还不是时候。

头一次他想知道妻子在自由日都做了些什么，她有情人吗？她风韵犹存，他很肯定她有情人。如果没有，她怎么会想出这么个主意？这就是下个月第一个周二他要做的事情——监视她。他肯定妻子想出这么个主意就是为了跟情人幽会。一个知道她是有夫之妇的情人，一个一个月可以跟她在一起一天的情人。他应该不是马德里当地人，他每个月会来一次。这再清楚不过了。

十一月的第一个星期二是个雨天。博尔哈拖着他带轮子的小行李箱离开了家。他用手机给办公室打了电话，说他生病了。他把车停在了旁边的街上，从那里可以看见他家的那栋楼，甚至是房子的窗户。玛贝尔整个上午都没有出门。

午后雨停了。玛贝尔出现在门口。她穿着运动服，踏着运动鞋，头发扎在脑后，没有化妆。他小心翼翼地隔着一段距离跟踪着她。玛贝尔在拐角处的书报亭买了一份报纸，然后又去市场买了鳕鱼。她走得不急不慢，偶尔停下来看着什么或者是在想些什么。她走进一家酒吧点了杯啤酒，跟服务生聊了会儿，笑了会儿。她看了会儿报纸，然后带着微笑离开了酒吧，回到了家。

雨又下了起来。

下午七点钟，玛贝尔再次出现在门口。这次她穿着雨衣，打着雨伞，脚蹬平底鞋。尽管还在下雨，她还是出门了，向市中心走去。她没有打车，也没有坐地铁，只是慢慢地走着，下雨一点儿都没有影响到她。

她走进一家咖啡馆，跟几个女人打了招呼。博尔哈不认识她们，也许是没有认出她们。她们围坐在桌前，一起待了两个小时。

晚上雨停了，玛贝尔走在回家的路上。博尔哈跟着她，回忆着她的笑容：她在咖啡馆笑得多么开心啊！她们都谈了些什么？应该什么都谈吧，都是一些傻事，女人们真能说啊！

玛贝尔的肩膀缩了起来。博尔哈隐约觉察到了些什么。笑容已经被留在了咖啡馆里，现在玛贝尔的身体慢慢地在人行道上移动，双肩缩得越来越厉害，就像是感到很冷，就像是不知道做点什么好，给人一种沮丧的感觉。

博尔哈想起了埃莱娜，那位前台小姐。她的话也很多，就像咖啡馆里的那些女人一样。她总跟他说很多，现在他已经记不起都是些什么事了。她喋喋不休的时候他并没有在专注地听。她提起过她的父母和兄弟姐妹，都是些他一点儿也不感兴趣的事。但是此时此刻他想跟她在一起，待在她的身边，把手搭在她的肩上，装作在倾听。

妻子走进了家门。丈夫流下了眼泪。

8. 曼彻斯特

"我真是捉摸不透那些女人。"在一架开往曼彻斯特的飞机上，一个男人对他的邻座说。

飞机的座位空间很狭小，他们紧挨着坐着，胳膊肘碰着胳膊肘。这是一架小型飞机，或许还有比这更小的，因为空姐说这架飞机竟然还有四个发动机，这实在让人难以信服。飞机上的乘客似乎不得不跟旁边的人聊聊天。既然身体都挨在了一起怎么能不说点什么呢？聊聊天可以分散注意力，可以不去在意他们紧挨在一起的身体。在这种环境下，必须得喝点红酒聊些私人话题。

机舱狭小的空间里弥漫着浓重的食物味道。"我叫奥古斯托·里奥弗里奥，"男人自我介绍道。"我很好奇这么多人都要去曼彻斯特做什么。"

"我叫丹尼尔·埃克斯特雷梅拉。"另一个人说。"大家都叫我丹尼。我想是为了生意上的事情吧，比如说我，就是为了生意。"

"是啊，我怎么就没想到呢。"奥古斯托说。"曼彻斯特满大街都是商店，还有迪厅！别人是这么跟我说的。我太闭塞了，我的脑袋不怎么灵光，这是因为我经历了很可怕的事情。我们就以'你'相称吧，不好吗？我给你讲讲我的故事！每当想起在我身上发生的事情，我都简直不能相信。也许一切只是一个梦，我随时都会醒过来。我喜欢安安静静地躺在床上，我老婆在我身边熟睡。真是个噩梦！你说你叫什么来着！丹尼，是的。你看，丹尼，我不知道你是结婚了，还是在跟女人同居，还是单身，我不清楚。不过，请相信我，不要相信那些女人。丹尼，你自认为了解她们，但是你错了，你对她们根本都没有概念。告诉我，你结婚了吗？"

"还没有。"丹尼说。

"太好了，坚持下去。这样最好，最安全。这样就不会有什么意外了。我来跟你说说我的经历，也许会对你有点用。我老婆是文学老师。而我呢，坦白地说，我从来都不翻书。不过这也正常。我觉得她对这些事情感兴趣没什么不好。她从中得到了乐趣，而且也没有因此不照顾家庭和孩子。我们有两个孩子，一个四岁，一个两岁。说实话我老婆很漂亮。"他低声说。"我是这样认为的，这是我的不幸，她曾经是我的老婆。我为她感到骄傲，为了能娶到她而感到骄傲。你看得出来我只是一个最普通不过的男人，甚至有点丑，这我都知道。不过这也没什么。她有时候会出差，你知道的，就是去外地开会。你没法想象有多少会。文学老师总是说个不停，我认识很多文学老师，他们所有人都一样，最喜欢聚在一起作报告。我老婆一直在准备报告。那些会议和报告对她来说是神圣的事情。对于他们那类人来说这是最重要的事情。让人意想不到的是两个月前她去曼彻斯特参加了一个会议，是一个在曼彻斯特召开的有关西班牙语文学的研讨会。这也很平常，就像我跟你说的一样。我已经习惯这些事情了。但是她回来的时候我发现她的神色有些异常。我想她可能是累了，我也没太在意，这些会议肯定很无聊，虽然她并不承认，但是事实就是这样。事实！事实上我是个可怜的傻瓜，一个彻彻底底的傻瓜！

"过了两天，注意，是两天！一个早晨她跟我说她要走了，要离开我了。她已经准备好了一切。她请了律师，安排好了所有事情。你知道她要去哪吗？曼彻斯特！原来她在研讨会上认识了一个男人，一个西班牙语老师，他们是一类人，然后她就无可救药地爱上了他，你能相信吗？这是真的。她在两天的时间里详细地部署了一切。我发现我完全被动了，你都想象不到她想得是多么得周全。我接受了这一切，还能有什么办法呢！大概一个月后我就孤身一人了，没有老婆，没有儿子，没有家。你听说过这样的事情吗？告诉我，是不是很不可思议？"

"是的，听起来很不可思议。"

"所以现在我坐在这里，飞往那个荒唐的城市——曼彻斯特，去看望我的孩子们。我想他们的时候就可以去看他们，不过得提前通知我前妻。我有快两个月没有见到他们了，我没时间去曼彻斯特，而且我也不是很想去。"奥古斯托沉默了，坐在那里一动不动。

丹尼想他的故事已经讲完了，他还有什么要跟我说的吗？我又能对他说点什么呢？最好就此打住。他努力把自己缩进座位里，尽量避免碰到他的邻座。因为身体上接触容易引发人们的交谈。

他们没有再说话。剩下的旅程，漫长的一个小时，安静地过去了。

奥古斯托·里奥弗里奥也缩在自己的座位里，望着不知道什么地方。其实，他是在看向自己的内心。这是对内心的审视。丹尼尔·埃克斯特雷梅拉想：也许他刚刚对我讲的都是真的。这些事情是会发生的，有时你会在酒吧或者飞机上听人们说起。世界上什么事情都有可能发生，不过就发生在身边还是会让人觉得惊讶。

丹尼想起了伊莱内，那是他刚刚认识的一个女孩。他对自己说她不是那样的，她跟他旅伴的老婆不一样。为什么要一竿子打翻一船人呢。伊莱内与众不同。他从没见过比她更负责任的女孩了。也许她不如他旅伴的老婆那么漂亮，谁知道呢，也许那个女人根本就不漂亮，不过又有什么关系呢。他非常喜欢伊莱内。她是一个有点不一样的女孩。内涵，她是一个非常有内涵的女孩。

她总是过得很充实，她是个充满活力的女人。她离婚了，总是带着孩子忙来忙去。她刚开了一家公司，现在给自己打工。很多顶尖杂志都向她约稿。是的，她很成功。她是个时尚插图画家，但是她并不在意这些成就，她一点儿都不自负。

突然，他觉得有点不安。插图画家跟文学老师有什么关系？没必要把两者联系起来，我们在说的是截然不同的事情。伊莱内跟邻座的老婆没有任何关系。那个男人讲完他奇怪的故事之后就沉默了，他现在看起来更像是个机器人，一个没有生命的人，一个嵌在飞机狭小座位里的假人。

飞机降落后，大家从座位上站起来，打开头顶上的行李架寻找自己的行李。奥古斯托·里奥弗里奥把一张名片递给丹尼尔·埃克斯特雷梅拉。

"你可以给我打电话。如果今天晚上工作结束后你没什么事情做的话，就给我打电话。别人给我推荐了很多地方。别忘了曼彻斯特是迪厅之城。他们说那些迪厅规模很大，非常不错。"

丹尼把名片放进了包里。他们告别的时候没有握手，就像知道很快就会再见一样。他们就像是一起坐飞机出差的同事，抵达了目的地之后就各自行动了，然后几个小时之后就会再见。

这是丹尼第一次来曼彻斯特，不过预计今后还会来很多次。他工作的那家纺织品贸易公司打算在市中心的一条步行街上开一家分公司。这个计划不错。一家西班牙大型时尚连锁公司已经在那儿开了一家店，据说非常受欢迎。意大利和北美的时装公司也登陆了曼彻斯特。这座城市会发生怎样的变化呢？我们拭目以待。

首先他得在酒店落下脚。旅行社在牛津街的皇宫酒店为他定了房间，听上去还不错。

刚到酒店的时候丹尼觉得非常满意。就像所有大饭店一样，酒店大堂非常宽敞明亮，到处都是沙发和扶手椅，地上铺着印花地毯，前台装饰着鲜花。招待他的是个皮肤白皙、口音很重的英国女孩。办完入住手续后她递给他一把钥匙，那是一张有磁条的塑料房卡。她还向他解释了怎么去房间，她解释得很复杂：先坐电梯上二层，往右走，然后再左转，再坐电梯，穿过走廊，再右转……幸运的是，这时出现了一个服务生，前台的女孩决定让他带丹尼去房间。她也觉得找起来着实是太复杂了。

丹尼跟着服务生走向电梯，他隐约觉得这个复杂的建筑在变成酒店之前肯定有别的什么用途。果然，他通过电梯墙上的一个文告了解到这家酒店之前是保险公司——庇护保险公司。它是什么时候被改建成酒店的呢？服务生也不清楚。

绕来绕去走了很久之后，酒店装潢发生了变化。他们穿过一条瓷砖铺砌的走廊来到了另外一座楼。这是另一个地方了吗？铺的地毯也不一样了。事实上，装潢风格不止变化了一次。所有的地毯都印着花朵，但是又各不相同，就像是为了让人们明白这些靠走廊连接的地方以前都不是互通的一样。丹尼不知道自己是否还能找到回去的路，也不知道下次是不是能自己找到房间。还好沿路有很多指示牌，只需要跟着指示牌走就好。

这还不是最糟糕的，最糟糕的是房间。房间在阁楼上，在很高的地方有三个小窗户，从那里只能看到建筑的塔楼和曼彻斯特黄昏被云遮蔽的天空。丹尼有点幽闭恐惧症。房间的钱由公司支付。也许公司一直都是在豪华酒店里寻找特惠房间。这是丹尼第一次公费出国出差。

迷你吧里什么都没有。

丹尼打了几个电话。曼彻斯特比马德里晚一个时区，因此还有时间。他决定换上运动服出去跑半个小时。跑步能让他恢复精力。丹尼的生活中不能没有跑步，他可以在随便什么地方跑步，所以他的问题不难解决。丹尼是个乐观主义者。

他在前台拿了一份城市地图，走出酒店开始小跑。这里的气温很适合跑步。天空布满了云彩，就像从阁楼的窗户望出去一样，不过并没有下雨。在陌生城市跑步是熟悉它的方法之一，会让你一下子跟这座城市亲近起来。跑了一会儿，丹尼开始高兴起来。他的身体状态良好。回酒店的路上他买了一瓶水。他好好地洗了个澡，一边洗澡一边唱歌。一切都有条不紊。

他跟客户约在了酒店的酒吧，那是个宽敞的地方，墙上的瓷砖色彩明快，里面装饰着很多棕榈树，饭店就在旁边。虽然房间让人觉得压抑，但是他喜欢这个酒店。酒店里弥漫着古龙水的味道。虽然丹尼没有去过印度，不过他猜想印度那些古老的酒店应该跟这家差不多。瓷砖、印花地毯、种满植物的花盆、周全的服务……而且，酒店的大部分服务员都是印度人。

跟他见面的贸易代表是一个语速很快的男人。他把未来店铺的平面图展开，占据了整张桌子，顿时满眼都是图纸、表格、数字和上下起伏的曲线图。

"别忘了我们说的是步行街。这是市场，这是圣安娜街，还有国王街和铜鼻子大街。好好看看地图。"

贸易代表的手指在曼彻斯特的地图上快速地移动着，丹尼努力跟随着他的节奏。

"好了。明天我们会去实地看看。我把这些留下来给你研究。很遗憾，我不能留下来为你详细解释了。我家里出了点事情，是有关我岳母的。她来看我们，却不幸从楼梯上摔了下来，胳膊肘脱臼了。我们得把她送去医院。现在我必须去接我老婆了。"

然后这个男人就起身离开了，留下了一堆文件。

丹尼慢悠悠地把威士忌喝完。自己吃晚饭一点问题都没有。酒店里的饭店看起来就很不错。刚刚跑步的时候他也注意到了很多饭店。

丹尼把文件都收起来放在他崭新的皮包里，向他的房间走去。这就像是在走迷宫。上电梯，右转，左转，再上电梯，右转，左转，再右转，真是太复杂了！

现在从房间窗户望出去已经看不到天空了，什么都看不到了。房间就像是个山洞。

到底发生了什么？丹尼为什么站在房间的中央？他在想什么，如果他有在想什么的话。

不知道为什么，奥古斯托·里奥弗里奥的名字浮现在他的脑海中，那个男人在飞机上对他讲的一切都是真的吗？有些人喜欢撒谎编故事，有的人为了说话而说话。那个男人话真多，滔滔不绝的，不过突然又变得那么沉默。真是个怪人。

不过，他对那个男人的印象还不错。也许是因为这个房间实在太让人悲伤了。一个乐观主义者！丹尼是个真正的乐观主义者吗？他希望他是！没人知道丹尼到底是个怎样的人。有时候他会因为一些意料之外的事情，一些第一眼看上去很简单的事情，突然感到情绪低落。而现在他都不知道自己是为什么而感到情绪低落。

那个姑娘，伊莱内，那个他刚认识不久的好姑娘对此一无所知。她并不了解丹尼的脆弱。

当一个人滑倒的时候，就会做一些荒谬的事情好让自己能重新站起来。丹尼给飞机上认识的男人打了电话。

过了没多久，他们俩就坐在一家意大利餐厅里了。餐厅环境很嘈杂，周围大部分人看起来都很年轻。

"你注意到那些女孩子了吗？"奥古斯托说。"她们简直就像没穿衣服，就像夏天的时候一样。她们就是喜欢袒胸露乳！她们又白又穿着暴露，这些女孩子让我想起我家的那些女孩子——我的姐妹和表姐妹们照的那些照片。就是那种艺术照，女孩子披着薄纱，露着肩膀，多么可笑！但是我妈妈喜欢那种照片。摄影师叫弗洛伦西奥·坎波斯，我清楚地记得他的名字。那个时候流行那种照片。我想不明白为什么这些女孩子都不觉得冷。还有那些鞋跟，你注意到她们的鞋跟了吗？我从没见过那样的东西，那些鞋穿起来肯定非常不舒服。"

"是的，我注意到了。的确是很吸引眼球。不过她们确实非常漂亮。"

"但是她们会着凉，会摔倒的。"奥古斯托坚持到。

"你的孩子们怎么样？你见到他们了吗？他们还好吗？"

"听着，我不想说这个。我的情况很糟糕，非常糟糕。我想要的恰恰是忘记这些事。是的，我见到了孩子们。我亲眼见到了他们。我跟他们待了一会儿。但是我也看见了其他事情，一些我永远也不想看到的事情。上帝啊，我不应该这么快就到这儿来！我还没有准备好。我不知道我是否有一天会准备好。所有这些对我来说都太沉重了。"

奥古斯托望着桌布出了神，他又要默不做声了吗？就像在飞机上那样，一直沉默到晚餐结束吗？

"生活总是在变化，"丹尼尔说，"要懂得随遇而安。"

这句话是他从别处听来的，忘了是谁说的。他头一次听到的时候，并不理解。这句话到底想说些什么呢？应该享受一切，即使是最微不足道的细节？应该摒弃激情？他张了张嘴，想要说点儿什么，一些能让奥古斯托再次活跃起来的话。无声的晚餐是不能忍受的。

"我放弃了，"奥古斯托说，"如果需要发誓，我就发誓。我放弃那些女人了，我从来看不透她们。不仅仅是罗莎，我看不透任何一个女人。在罗莎之前，有个女人给我打过电话，你明白的，就是那些你一直喜欢却从来没有机会发展的女人中的一个。她在电话里跟我说想见见我。好极了。我们约了一起吃午饭。一切都很顺利。我们喝了一瓶红酒，说说笑笑，最后我摸了她的手，还吻了她，总之，一切都很不错。过了两天我给她打电话，你猜她怎么说？一开始她的声音就很奇怪，听起来很陌生。她竟然对我说没想到发生了这些事情之后我还会给她打电话。我一下子愣住了。发生了什么？到底怎么了？很明显，事情不对了，可是哪儿出问题了？我不知道她想跟我说的是什么。我永远也不会知道，我不明白她们在说什么也不知道她们脑子里在想些什么。就像我对你说的，我放弃了。"最后他垂头丧气地说。

过了一会儿，他又重新打起了精神。

"你看，"他说，"我有一个朋友一直在用一个策略。你都想象不出他有多么成功。我的朋友拉米罗·奥尔诺斯一直对女人若即若离。他向她们承诺会给她们打电话，带她们去这个那个地方，去吃晚饭，看电影，甚至去旅行。他看似准备好了一切，却从来都不付诸行动。不可思议的是她们也不在乎。你不知道她们是怎么评价他的！拉米罗是天空，是太阳！真是太可笑了！事实上他一直把她们搁置在那里，任她们心痒难耐。他总是说：今天不行，我有点事情，我会给你打电话的。他从来不给她们打电话！相信我。天空！我真是不明白。她们喜欢被这样对待吗？女人不喜欢男人追在她们屁股后面！以后我应该也会成功了，因为现在我对一切都不感兴趣，我不在乎！"

他再一次出神了。

"你住在哪儿？"丹尼问道。

"大不列颠酒店，一个可笑的酒店。那个酒店现在完全没落了，就在波特兰街，靠近皮卡迪利街。"他一连报出了一串地名，就像丹尼是当地人或者已经认真研究过曼彻斯特地图了一样。"你能相信吗？我的房间竟然没有窗户！我走进房间，打开灯，看见了窗帘，就把包放到床上去拉窗帘。一般人都会这样做，不是吗？我想看看街景，看看院子，随便什么，我想知道自己在哪儿。但是窗帘的后面竟然只有一面墙，我真是惊呆了。墙上画了一扇窗，还画了很多细节：窗台上种着的花、窗帘、纱帘，所有一切。我当然要打电话给前台投诉，但是他们说很遗憾没有其他空房间了。前台姑娘的语气里带着讽刺，就像在跟我说你上当了，没办法了，只有像你这样的傻子才会上这种当，我们把没有窗子的房间留给傻子。事实上我是被这些无耻之徒给坑了。"

"我的房间在阁楼上，"丹尼说，"通过窗户只能看到塔楼和天空。"

"这儿的人真奇怪，不知道罗莎看上他们什么了。不管是这儿还是其他什么地方一切都破旧不堪、乱七八糟的。事情不能一直这样，不能长期这样。我跟你说世界会变的。我们不得不面对一些极端的事情。很多事情现在看起来很平常，但是以后会变得非常奇怪。所有一切都会反过来，就像那个电影《人猿星球》一样，你记得吗？"

晚餐就这样进行着。充斥着盘子和餐具发出的噪音，人们或兴奋或抱怨的声音，丹尼简短的评论和奥古斯托一段段的长篇大论。

丹尼还会回到曼彻斯特，他刚刚对这座城市有了一些了解。也许以后他会带着那个刚认识的姑娘伊莱内一起来。他会跟她讲他在这座城市里经历的点点滴滴，甚至还会跟她一起在这家饭店吃顿晚餐或者午餐，这家饭店并不糟糕，只是有点嘈杂，然后他们还会一起去曼彻斯特某家又大又有名气的迪厅跳舞。

可是那个姑娘现在离他那么远，他们所有的计划都还那么遥远。

这就是我回去的时候要跟她讲的吗？丹尼想。我会跟她提起跟这个荒唐的男人共进的这顿晚餐吗？

他觉得此时此刻的一切并不真实，所有的一切都与现实脱离开来，让他有种强烈的自由的感觉。他突然觉得很舒服，甚至是高兴。是的，他再次高兴了起来。

他的确是一个乐观主义者。

9. 好久不见

在健身中心的更衣室，伊莱内脱下衣服换上泳装，她想念丹尼。她希望他也在这儿，跟她一起去游泳。

一个女孩子坐在木质长凳上打着手机，她在跟谁通话呢？她在低声细语，也许是在跟男朋友说话吧。

更衣室被灯光笼罩着，播放着轻柔的音乐。伊莱内随着音乐哼唱起来，她记得这首歌的歌词。很久都没听到过这首歌了。这是一首她年轻时流行的歌曲。那是个恋爱的季节，是初恋的季节。

她觉得很奇怪，丹尼竟然不喜欢游泳，他喜欢跑步。更奇怪的是一个喜欢跑马拉松的人竟然跟一个喜欢游泳的人在一起了。等到粉刷工人把房子刷好，家里变得整洁有序后，他们就会住在一起了。同居的生活会怎样呢？伊莱内不想住到丹尼家里。孩子们怎么办？丹尼跟一个朋友合住，没有足够的空间。尽管她家正在装修，住在里面并不舒适，但是最好还是这样。

刚下水的时候有点冷，伊莱内全速地游着，很快就暖和了起来，她放慢了速度。现在她既不愿意想生活的意义，也不愿意想男朋友，更不愿意想粉刷一新的整洁的家。她什么都不愿想，只想让身体慢慢地动起来，舒展开来，融入水中，变成水的一部分。她想忘却身体的存在，忘却一切。她想忘却自己，全身心融入水中。此时此刻，她不再是她。

突然，她出现了幻觉，仿佛看到了一些令她不快的事情：一个女人搂着丹尼，就像色情电影里的某个场景。她脑海里怎么会出现这样的画面？为什么？这会是什么时候的事，是过去、现在还是将来？这意味着什么？她必须得把这个画面从脑海里驱赶出去，不过她却做不到。它是那么的强大。

她摇摇晃晃地走出泳池，也许今天她游得太多了。这次她比往常都游得急，她想把丹尼和那个看不清脸、不认识的女人从脑子里驱赶出去，她的双腿已经不听使唤了。她慢慢走到车边，阳光很刺眼，她深深地呼吸，把空气一直吸到肺里。

"伊莱内！"有人喊她。

伊莱内转过头。

是玛尔。之前有一段时间伊莱内和她在同一个时间游泳。玛尔告诉伊莱内她生病了，没什么大事，只是个小感冒。现在她换了时间来游泳，所以她们一直没有遇到。她一般一大早就来了，只有今天是个例外。

"今天天气多好啊。"她说。

然后她们两个人都沉默了，就像在感受着这个好天气，虽然还是冬天，却已经能感到春的气息，甚至还有些夏天的味道。她们望向那片冬青栎树林，它们郁郁葱葱，一直延伸到远处的山麓，那里可以看到马德里为数不多的几座高楼。从这里看去，马德里就像是从电影里走出来的城市，一座充满故事的城市。

"我家正在装修，"伊莱内说，"家里有很多装修工人，我没法在家待着。你都不知道有多麻烦。丹尼会搬来跟我一起住，我也不知道会怎样。他既不喜欢孩子也不喜欢狗，可是孩子们刚刚抱了一只小狗回家，我都不知道接下来会发生什么。"

"一切都会很顺利的。"

伊莱内和玛尔拥抱了一下。玛尔向健身中心走去。伊莱内开车离开了。

伊莱内喝着在健身中心售卖机买来的一瓶水，感觉到一阵凉爽顺着食道充盈到胃部。她问自己为什么不跟玛尔聊一会儿再走，为什么不跟她说说游泳时出现的那个可怕的幻觉。玛尔会理解的。虽然她并不是很了解玛尔，她们只是在更衣室或者泳池边聊聊天，但是跟她聊聊这些也无妨。她们经常聊这一类话题，聊一些比较深刻的事情，她们认为重要的事情，一些也许不会跟其他人讲的事情。

在更衣室相遇的时候，她们会坐在木凳上，不急不慢地换衣服，涂乳霜，尽量多待一会儿。玛尔说起话来就像比别人懂得都多一样，她会注意到其他人通常不在意的事情。她刚刚失去了母亲，不知道自己是否能带着这种空虚活下去，她不敢跟任何人讲。死亡是生命的一部分，所有母亲都会去世，她对自己说，这是自然规律，必须得接受。如果你就这么垮了，你就变成了一个异类，一个怪人。

伊莱内清楚地记得第一次跟玛尔提起丹尼的时候，那时他们才刚刚认识。他们是在一个聚会上认识的，有段时间她那些结了婚或者有了男友的朋友们总是为她组织聚会，目的是给她介绍合适的男人。

"我一直都不会选男人，"她跟玛尔说，"我的朋友们跟我是这么说的。所以现在她们决定替我选个男人。"

她们选了丹尼。

"他简直帅气得让我觉得害怕，"她说，"不过我觉得我们相处得不错，我不明白他怎么会没有女朋友。"

"你不是也没有男朋友嘛。"玛尔说。

是的，但这不一样。她是一个带着两个小孩的离婚女人。这样的女人成千上万，非常普通。

"才不是呢，"玛尔说，"你有才华，你很会画画，而且你很成功，并不平凡。"

"那个丹尼怎么样？你的梦中情人。"过了几天玛尔问道。

"我简直不敢相信，那天晚上他给我打电话了，我们约了一起吃晚餐，一切都进展得很快。我从来没有经历过这样的事情，如此迅速。"

"这就是经典的一见钟情吧。"

"差不多吧。"

这是什么时候的事儿了？恐怕还不到一年吧。现在她的梦中情人就要搬来跟她同居了。伊莱内为了他，为了家里能有足够的二人空间，进行了恼人的装修。她装修了牛库和阁楼，这可是个大工程。但是游泳时产生的那个令人不快的幻觉意味着什么呢？是某种警告、某种预兆吗？

伊莱内突然冒出了一个想法。她把车停到了一个品牌服装打折商场里。她想忘记装修，忘记丹尼，忘记孩子们，忘记关在厨房里的小狗，忘记装修结束后即将迎来的新生活，忘记泳池里出现的那个幻觉，特别是要忘记那个幻觉。

正是午饭时间，商场里没什么人，试衣间也不用排队。在这里无法判断自己身处哪座城市，哪个世界，也判断不出商场里寥寥无几的人都是做什么的。这里发生了点什么，但是谁也不清楚具体是些什么。也许人们对此有所怀疑，但是他们更享受这种休息。这里远离现实，远离现实里的那些纷扰。商店里的音乐迂回静谧，就像是来自外太空，来自一个没人知道的地方。一切都仿佛悬浮在空中，像是在一个荒无人烟的城市购物，这里没有居民，没有住宅，只有满是商品的商店。

伊莱内走进她经常光顾的那家商店。其实她来的次数也不多。她向来都是这个时间过来，也总是这家商店唯一的潜在顾客。店里还是上次那个店员，她叫苏珊娜，是个非常漂亮的黑人女孩。顾客有需要的时候她就会过来招呼，但从来不会一直监视着顾客。她给顾客充分的空间。伊莱内之所以知道她叫苏珊娜是因为那个面色苍白的收银员经常喊她的名字。

"苏珊娜，"她喊道，"我找不到 CK 的发票了，我发誓我放在这个抽屉里了，是绿色的。"

"绿色的？"苏珊娜反驳说，"不是，是蓝色的。"

她们两个到柜台另一边的抽屉里翻找了一会儿，应该是找到了，因为当伊莱内在商店的另一个角落的时候，再次听到了收银员的声音。

"苏珊娜，"她喊道，"寺库牌的外套多少钱来着？那些刚到的粉红色的？上面还没有标价……"

就这样苏珊娜在空荡荡的店里走来走去，几乎看都没看伊莱内。她总有事情要做，总有事情要解决。当伊莱内已经决定好，有一堆衣服搭在胳膊上要去试的时候，苏珊娜走了过来。

"需要帮忙吗？"她问道。

苏珊娜给伊莱内指了指试衣间的方向，当然伊莱内已经知道了。苏珊娜还告诉她，如果她需要别的尺码，她可以为她去拿。

"裤子合适吗？"苏珊娜在试衣间门帘的另一边问道。

伊莱内让她帮忙拿了其他的尺码。她什么都试了，裤子、裙子、衬衫，最后终于找到了合适的尺码。但是所有的衣服都很一般，没有什么她特别喜欢的。她试得有点热，重新换上了自己的衣服。

"大小不合适吗？"苏珊娜问道。

"合适，不过我也没仔细看。"她小声说。"因为我很着急。"她补充道。

她自己也觉得这个解释很可笑。难道之前拿着这么多衣服进试衣间的时候她就不着急了？

不过苏珊娜点了点头，表示了理解。

"放这儿吧，没关系。"她指着伊莱内试过的乱成一团的衣服说。

伊莱内几乎是跑出了商店。她不愿意看表，已经很晚了。粉刷工人已经去吃饭了吗？罗斯依然睡在昨天买的那个小窝里吗？在商场里待了这么久真是太荒唐了。

一个男人看到了她并向她走来，她认识他吗？他已经走到了她的面前，停了下来跟她说话，她也只好停下了脚步。

"你不记得我了？我变化那么大吗？"

"你是拉米罗·奥尔诺斯，"伊莱内终于认出来了，就像在考试的最后一刻突然来了灵感一样，"你一点儿都没变，只是因为我有急事，没有注意到你。"

"我看出来了。你住在附近？"

他们互相交换了住址。

"我经常来这个商场，"拉米罗·奥尔诺斯说，"这里人不多，特别是这个时间。你能发现很多有意思的东西。"

伊莱内赞同地点点头。

"我有点急事儿，"她再次说道，"我家在装修，我还把一只小狗锁在了厨房，是孩子们几天前带回来的。"

"我们可以找一天一起吃午饭。"

他们互留了电话号码。

"你不知道我见到你有多高兴，下周我给你打电话，如果你觉得合适我们就约周二吧。"

伊莱内知道她打开车门的时候拉米罗·奥尔诺斯依然在看着她。毫无疑问，他肯定在想她脑袋是不是出了什么问题，肯定觉得她语无伦次。

她离开了偌大的停车场，离开了商场，她再也不会回来了。

她暗暗对自己发誓：再也不来这个商场了，不试那些不需要的衣服，而且事实上她也一点儿都不喜欢。

不过也发生了一些不错的事情。她遇到了大学同学拉米罗·奥尔诺斯。她跟他关系不错，他们经常在上午一起喝咖啡，有几次在午饭前还喝过那么几杯。不过他们从来没有单独吃过饭，好像只有过一次集体聚餐。他们之间没有发生过什么。他们是一类人，都是上进的好学生。他成熟了很多，看起来气色不错，也许比以前更好了。这是一次有意思的偶遇，但愿拉米罗没有在意她的语无伦次。全世界都知道人们偶遇时，迫于时间，总是这样说话的，想要一下子把什么都解释清楚，说的话既简短又夸张，最好之后不要再想起来。

她开上了主路，根据路牌的提示寻找着回家的路线。只要跟着走就好，走完一段又会出现新的指示牌。原本熟悉的地方突然变得陌生了，变成了一个很容易就永远走失了的世界。仅仅及时离开商场是不够的，谁知道怎么才算及时呢，关键是要尽早回到家，这可不是迷路的时候。如果粉刷工人走了就是悲剧了，他们有可能会开着厨房门，小狗罗斯可能从窝里跑出来去油漆桶找水喝。

还好，家里的一切都跟她去健身中心之前一样。

罗斯还在它的窝里。

没有发生任何悲剧。

当然，粉刷工人也还在。收音机开着最大音量，他们的笑声比音乐声还要大。他们在笑什么笑得这么开心？不过总比生气来得好。她独自一人的时候也会放音乐，放那些她自己的音乐，而不是电台的音乐，不过现在她并不会要求他们把声音调小点儿。也许过一会儿她会这样做的，因为她也要工作。

她可以跟他们说，她的工作跟他们差不多，她是插图画家，用的也是画笔和颜料。她经常听着自己选的音乐工作。一个人的时候，还会随着音乐的节奏摇摆哼唱，直到自己都觉得有点好笑。

她想有一天他们都会离开，装修会结束，家里会焕然一新，跟丹尼同居会非常棒。当他去跑步的时候，她就去游泳。星期天他们就组织个家庭聚餐，邀请一些朋友。准备什么吃的呢？她得想点新菜式，特别是蔬菜。她在逐渐变成素食主义者。从泳池回来的时候她喜欢喝点啤酒吃点蔬菜，然后随着音乐摇摆轻声哼唱。她会忘了现在这点小小的麻烦，忘了这几个月来的装修，忘了装修给她带来的烦扰以及那个讨厌的幻觉和不祥的预感。她会把这些都忘了，如果还记得的话，她就会嘲笑自己，因为根本不至于如此！全世界都知道装修就是这样的，所有人都经历过，装修得有耐性。

电话响了。

"我给你打了一上午电话了。"丹尼的声音听起来有点生气。

"我去游泳了，你知道的，家里有那么多粉刷工人，我没法在家待着。"

"你没带手机吗？你从来不记得带手机。"

"出什么事了？"

"我有点神经痛，我动不了了，甚至都没法去上班了。"

"需要我去看看你吗？"

"我好不容易联系上了我妈妈。她现在在我这里，正在给我准备午饭。现在你不用来了。"他的声音带着点儿埋怨。

"你给医生打电话了吗？"

"听着，我动不了。我知道应该做些什么。吃完午饭我会吃片药，然后能睡多久就睡多久。等我醒了再给你打电话。"

他气呼呼地挂了电话。

伊莱内继续吃她的蔬菜喝她的啤酒。

她一点儿都没有几分钟前刚被冒犯过的痕迹。她就像掉进了一个井里，不清楚里面有些什么。她有点失望，谁知道为什么呢。也许是因为丹尼的语气听起来不那么友善，还带着责备。他需要她的时候她没能帮助他。她让他失望了。现在待在他身边的应该是她而不是他的妈妈，伊莱内甚至都不认识他妈妈，事实上她也不想认识她。她不应该在这里，把自己关在厨房里，关在自己的家里，甚至都不能听她喜欢的音乐！

她试图用拉米罗·奥尔诺斯可能给她打电话来安慰自己，他们会约下周二一起吃午饭，但事实上她不知道拉米罗·奥尔诺斯到底会不会给她打电话，不知道她想不想跟他发生点儿什么。也许很多年前他们应该发生点什么，但是现在对他们两个来说都已经不是时候了。

"我不知道。"她轻声说。她摇了摇头。不，事情不应该如此。

吃过午饭，她和罗斯在卧室里小睡了一会儿。她已经跟粉刷工人说了把音乐的音量调小一点儿。

睡醒之后，她喝了一杯咖啡。是时候去学校接孩子们了。她今天都做了什么？什么都没做，这是无所事事的一天。她没办法在这种环境下工作。也许过会儿等孩子们回来，粉刷工人走了之后她会做点什么。

孩子们回到了家，粉刷工人也要走了。

"还差一点儿，夫人。"一个工人说。

"明天能干完吗？"

"明天？不可能，夫人。踢脚板都还没弄呢，这需要很长时间。"

孩子们跑去厨房看罗斯，争抢着抱它。

"你们会伤着它的。"伊莱内叹了口气。

她开始准备下午茶，然后检查了家里的装修情况。现在他们可以在客厅里待着了。那里有画、有她、有孩子们还有小狗。他们一起看着电视。丹尼没有再给她打电话。伊莱内害怕给他打电话，如果他吃了药正在睡觉，最好还是不要吵醒他。她也不想听到线路的那一头传来并不认识的丹尼母亲的声音，如果她还在那里的话。

但是得做点儿什么，她觉得很不安。

她做了个决定，她要去丹尼家，没有其他办法了。她不能把孩子们扔在家里，孩子们又不想跟罗斯分开。他们所有人得一起去。

"等一会儿。"她在丹尼家门口跟他们说。

她下了车走进大楼，上了楼梯。这是一所没有电梯的房子。

她把耳朵贴近门，却什么都没听到。

伊莱内犹豫不决地站在那里愣了一会儿。她看着白色的门铃，却没有按下去。她下了楼，上了车，带着所有人回家了。

两个月之后，丹尼搬进了伊莱内家。

伊莱内从来没有对他说起过那个下午的事情。在那个下午她去了他家，却没有按下门铃。

10. 福门特拉岛

如果人们知道戒掉一样东西是多么困难，就不会那么容易上瘾，比如酒精、毒品、爱情，以及一切让人迷恋的东西。这些东西各式各样，有大有小，其中一些比另一些来得更危险。这就是拉米罗·奥尔诺斯在一家手机店的柜台前排队时想到的。他十年前就戒酒了。

排队的都是些"瘾君子"，对手机上瘾的人。拉米罗是个例外，他已经对什么都不上瘾了。现在的他仿佛生活在另一个星球，他站在那里远远地看着一切，那是别人无法企及的地方，是一个连他自己都不知道怎么定义的地方。

现在跟店员说话的是一个外国人，也许是个美国人。他说话的语气很夸张，说的话也有点怪里怪气。他尽量把话说得口语化些，几乎每句话里都穿插着"哥们儿"、"伙计"、"好家伙"之类的词。不过这又有什么关系呢？他长得很帅气。他根本就没有注意到拉米罗。拉米罗很有耐心地排着队，就像在这个春天的上午他没什么别的事情可做一样。显而易见，那个外国人在跟女店员开玩笑。

拉米罗·奥尔诺斯唯一能做的就是看着他，估摸着他的肌肉含量，研究着他被太阳晒得黝黑的皮肤的光滑程度。

很明显店员已经烦透了这个男人，拉米罗有点幸灾乐祸。那个男人虽然帅气，却让人难以忍受。他比她更懂手机，知道每个品牌的优点，了解各种性能。因为一直都是他在说，用他那生硬、单调的西班牙语在说个不停。

那个外国人终于买了个新手机走了，看都没看拉米罗一眼。好吧，对他来说拉米罗就是个隐形人。

店员看起来松了一口气，很热情地接待了拉米罗。拉米罗不太懂手机，不过他决定买一个有拍照功能的，如果有可能的话他想用自己的旧手机换购一部新的。

他办完了所有手续，付了该付的钱，带着新手机走出了商店。

这是一个阳光明媚的上午。他在一家酒吧的露台坐下来，点了一杯可口可乐。如果有可能的话，他想一整个上午都待在这里，可惜的是他已经离开工作岗位太久了。

回到办公室，他向同事们展示了他新买的手机。令他惊讶的是所有人都对手机很有研究。

同事们的热情让他有些兴致索然。

"嗨，"一个同事对他说，"你是不是有个舅舅很懂珠宝？"

"是的。"

"我能咨询他点事儿吗？我老婆继承了一些珠宝，我们想知道它们值多少钱。看起来挺值钱的，但是我们没有概念。我们也不想随便去问什么人，有人说他们会把珠宝偷着换掉。得找一个信得过的珠宝商，所以我想起了你舅舅，他信得过吧？"

"我想是的。"

"你介意给他打个电话吗？非常感谢。我借你的名义给他打电话和你直接给他打是不一样的，我不是说他不会好好接待我们，只是最好还是直接点儿，最好你能陪我们一起去找他。我知道我要求得太多了。其实我觉得拜托你这些事情有点过分，但是多拉让我这么做。你知道的，她很尊敬你，你都想象不到她是怎么夸你的，都让人嫉妒。这个……你没必要陪我们一起去，我知道这挺烦人。我会对多拉说你没时间，不过你会给舅舅打电话的，这就够了。"

拉米罗答应他会给舅舅打电话。他试着回忆同事的老婆长什么样子。是那个染着金发、说话时表情夸张的女人？还是那个黑头发、沉默寡言又面色苍白的女人？还是那个栗色头发、看起来很聪明的女人？他跟同事们一起参加过两次社交活动，结了婚的都带了老婆。那是两场婚礼。不过谁分得清谁是谁的老婆呢。他不太记得她们了，不过似乎跟那个金头发的聊得多一些，那个是多拉吗？比森特的老婆？

他觉得很好奇，这是一种无法解释的好奇。一直以来，他对比森特都不感兴趣。至于多拉，他都搞不清楚她到底是哪一个。但是，他就是好奇。他不但不觉得给舅舅打电话约个时间有什么负担，甚至还想陪比森特和多拉一起去珠宝店，管她是那个金发的、黑发的还是栗色头发的女人呢。

他的舅舅是关键所在。他很久没有见过他了，有好几年了吧。他是个奇怪的人，一辈子都在做珠宝生意，全身心地投入在珠宝事业里。他住在马德里市中心的一个阁楼里，房子几米开外就是他的店铺。拉米罗记得小时候经常跟妈妈去舅舅的店里。他也做典当生意，所以总有些价格很不错的珠宝。拉米罗的妈妈总是去他的店里买礼物，比如送给新生儿或者第一次参加圣餐仪式的孩子们的金链子和小金牌，还有手镯、耳环之类的，拉米罗记得那都是些小东西，让妈妈无法抗拒的小东西。那是她喜欢送的礼物类型。她认为东西虽然小，却因为是金子做的也就都不小了，而是变成了一种象征。不过这只适用于小东西，一条大粗金链子对她来说毫无价值。

这就是他的母亲。一想起她拉米罗就有些激动。他是为了她才戒酒的。母亲去世后的一年里他都喝得醉醺醺的，不过之后就戒酒了。他做了个梦，梦里他远远地看到母亲在山上跑。她几乎是透明的，看上去很高兴的样子。这个梦让他觉得开心。之前他以为自己再也开心不起来了。

中午的时候，拉米罗给舅舅打了电话。

"我还活着。"舅舅说。

舅舅一直是个好脾气的男人，他比他的妹妹大五岁。他还活着，有他那样的心态谁都会活得好好的。他不是得过且过地活着，他活得有滋有味，他活着是为了享受，为了玩味一切。他孤身一人住在阁楼里，养着两只大狗。那么平日里谁带它们出去遛弯呢？

"你的狗怎么样了？"拉米罗问道。

"也还活着。"舅舅说。

他们约好了第二天见面，因为后天舅舅就要出去旅行了，整个六月他都不在马德里。

拉米罗告诉比森特他会陪他们一起去舅舅的店里。他们约好了晚上七点半在店里见。拉米罗想早一点到。

他有多少年没有去过舅舅的店了？拉米罗想。他把车停在了马约尔广场的停车场，然后步行去舅舅的店铺。以前他都是跟妈妈一起去的，陪她去买那些小小的金子的礼物。有时候她也会买银质的，比如带银盖子的玻璃盐瓶，那是为婚礼准备的礼物。一件小小的简朴的礼物，就像它是金子做的一样。

舅舅的店铺一点没变，就像它的主人一样。它和它的主人都小小的，长满了皱纹，虽然一把年纪，却依然活力充沛。

"你要去哪儿？"拉米罗问舅舅。

"去福门特拉岛，"舅舅华金回答说，"我总会去那里住一个月，不过从来不在八月去。那里是天堂。也许把这里的一切都结束了之后我就去那里定居了，不过这还遥遥无期。孩子，我放不下这里，这是我的生活。"

"你在那里有朋友吗？"拉米罗惊讶地问。

"当然，我在那里有朋友。你看看你都问了些什么？你觉得如果我在福门特拉岛没有朋友我会去吗？我的朋友们都是厨师。孩子，那是个不可思议的岛，岛上的人一整天都在烹饪。人们不是在开餐厅就是正在准备开餐厅，到处都是餐厅。他们的烹饪技术一流，是真正的美食家。不过还好我没什么问题，只要我不胖成一个球就没关系，想吃什么我就吃什么。你都想象不到那些宴会多么丰盛！还有红酒！我总会给他们带一箱子的好酒，两天不到就喝光了。那里的生活真是太美妙了！"

拉米罗想起了南尼·莫莱蒂的电影《亲爱的日记》，想起了那些岛上的故事，每个岛上的居民都各不相同，每个岛都有自己的特色。他想象着自己从高处俯视着福门特拉岛的那些房子，房子没有屋顶，他可以看到点燃的炉子，厨师正拿着长柄勺子在锅里翻炒或者正用锋利的刀子切着蔬菜。白色的房子坐落在海边的悬崖上，海水湛蓝。还有些小房子散落在田间，被无花果树环绕着。他为什么从来没有去过福门特拉岛？而他干了一辈子珠宝买卖的舅舅，马德里最地道的珠宝商却每年都会在非旺季的时候去那里待上漫长的一个月，品尝岛上数不清的厨师烹饪的精美食物和浓郁的肉汤？生活太神奇了，竟然能把这种令人吃惊的事情隐藏了这么多年！

这就是他的舅舅华金，他母亲的大哥，一个八十多岁的男人。生活于他远远还没有结束。他是一个典范。

比森特和多拉走进店里。原来多拉是那个金头发的女人。拉米罗为他们作了介绍，然后所有人都穿过店铺，走进了后面的房间。

"把珠宝拿出来。"比森特对多拉说。

多拉打开包取出一包用手帕包裹得严严实实的东西。桌上有一块蓝色的呢绒，她把珠宝放在上面。一共有两枚戒指、一个手镯、一个吊坠和一枚胸针。

"我还有一些珍珠。"多拉摸了摸自己戴着的项链说。

"把它摘下来。"比森特说。

多拉取下了珍珠项链。

华金舅舅没有说话。

"值钱吗？"比森特不安地问道。

"这些珍珠不值什么钱，唯一有意思的是这块红宝石。"

"红宝石？"多拉好奇地问。

"这个看起来很有深度，我喜欢。"

"能值多少钱？"比森特问道。

"这个要看你急不急。"

"急什么？"

"急不急着卖。"

没有人理解珠宝商的话。

"如果你不着急卖，就会更值钱。要懂得等待，但是有时候等不及，事情就是这样。"

"我一直都很喜欢这枚戒指。"多拉把红宝石戒指戴到手指上高兴地说。

这时候进来一个人。他看上去像是从外面进来的，不过门是用钥匙上了锁的。

"你买狗粮了吗？"华金舅舅问道，眼睛并没有从蓝色台布上抬起来。

"当然，我还买了饼干。"

"很好，现在上楼去吧。它们应该都饿了。昨天它们就把剩的那点儿吃了。再看看水盆是不是满的。对了，把所有门都给它们打开，所有的。"

"然后我再给它们二十杜罗去喝几杯，你觉得怎么样？"那个男人一脸严肃地说。

华金舅舅的嘴角抿出一丝微笑。

"我觉得主意不错。"他说。

那个男人上楼去了，大家继续说着珠宝的事情，就像没有被打断过一样。

多拉用手绢把珠宝重新包好放进了包里。所有人都站起身来握手告别。

"祝您在福门特拉岛过得愉快。"拉米罗说。

"一定会的，我的外甥。"华金舅舅说。

比森特、多拉和拉米罗离开了珠宝店，走到了街上。下午气温很高，就像已经是炎夏了一样。比森特提议大家一起去马约尔广场的某个露天酒吧喝点什么。他点了一杯啤酒，拉米罗要了可口可乐，多拉点了金汤力。

"你舅舅真是一个有意思的人！"多拉说。"我知道福门特拉岛。我在结婚前的那个夏天去过那里。应该说在'我们'结婚前。"她纠正道。

"你从来没跟我提过。"比森特说。

多拉耸耸肩，在心里默默说：那是很久以前的事了，那时候我们甚至还不认识，而且有必要什么都告诉你吗？比森特皱起了眉头。

"我跟玛丽卡一起去的。"多拉说。

"玛丽卡？"

"玛丽卡·坎波斯，那个电影导演。我们曾经是很好的朋友。你不记得坎波斯姐妹了吗？你一直说她们都是些漂亮的姑娘。玛丽卡在福门特拉岛有很多朋友，一群有意思的人，我们在那里玩得很愉快。"

"我舅舅说福门特拉岛上所有人都从事餐饮业。"拉米罗说。

"餐饮？我们去的时候不是。"多拉说。"那个时候到处都是舞会，还有很多抽大麻的人，当然还有很多裸泳的人。"

"你在福门特拉岛裸泳了？"比森特惊讶地问。"我想象不出。"他微微颤抖地笑着。

"想要裸体很容易，只要把衣服脱了就行。"多拉回嘴说，还做了一个要脱掉薄毛衣的动作。"唉，"她叹了口气，语气里有些怀念的味道，"如果能再去一次也挺好。"

拉米罗想起了他的新手机。

"你们真是一对璧人。"他对他们夫妻俩说，然后给他们展示了手机的小屏幕。

"多可爱的手机啊。"多拉说。

这时，一个高个儿男人牵着一只迷你犬从广场中央朝他们走来。他的脸上洋溢着笑容，穿过一张张的桌子来到了他们身边。

"嗨，拉米罗。你在这儿做什么？"他一边说一边打量着另外两个人。"你不为我们介绍一下吗？我可以跟你们一起坐吗？我是路易斯·拉米雷斯。"

多拉跟他握了握手。

"你好，"她说，"我是多拉，他是比森特。我们来看拉米罗的舅舅。"

"哪个舅舅？"

"一个做珠宝商的舅舅，是个非常有意思的人。"

"你有个做珠宝商的舅舅？"路易斯惊诧地问拉米罗。

"我都好几年没有见过他了。他是我妈妈的哥哥，最大的哥哥。"

"今天真热，感觉已经到夏天了。"路易斯说。

"路易斯，给我们照张合影吧。"多拉说，"我想把照片发给我的姐姐看看。"

"这个手机怎么用？"

"这是我刚买的，"拉米罗说，"我来。"

路易斯的小狗一跃跳到他的膝盖上，多拉伸手去抚摸它。

这时拉米罗按下了快门。

11．威尼斯

　　布兰卡报名参加了去威尼斯的旅行团，现在她充满了疑问。不知道我的团友都是些什么样的人？她想。据说都是女人，真有意思，来自各个地方的女人。随便吧，这没什么不好的。就这样吧，挺好的。

　　她抚摸着她亲爱的小狗塔西亚的时候，想起了在埃尔普兰迪奥松树林散步时遇到的那只半浸在水塘里的垂死的绵羊。那只可怜的绵羊就像是个溺水的人。也许它是被牧羊人抛弃了，也许牧羊人并没有发现它走丢了。真是太奇怪了！

　　布兰卡站在绵羊旁边，给警察打了电话。警察态度很好，他们让她详细说明了位置，承诺会找到它，让她放心。他们对她的来电表示了感谢，还说如果他们在寻找的过程中遇到麻烦，会再次给她打电话。后来他们没有再打电话，应该是已经找到了吧。已经没必要再去想那只可怜的绵羊的命运了。它不能那么满身泥污地陷在水塘里，这是布兰卡唯一能为它做的了。

　　那个场景深深地印在了她的脑海里，她知道她要失眠了。那只绵羊就在那里，在水塘里，在那片孤零零的松林的土地上。她看不到它的蹄子，那是一具衰弱的受了伤的躯体。它的脖子上有一块深色的血迹。它睁着眼睛，后来又闭上了。它看见了谁？

塔西亚叫了起来，把尾巴夹到了双腿之间，身体向前伸展。它一点都不想知道发生了什么。也许它根本没法知道，无法理解。

多么悲惨啊，我的上帝！真是无法理解！布兰卡抚摸着塔西亚的脑袋。我很抱歉，希望他们能好好对你。据说那是最好的宠物寄养中心，我已经调查过了。你知道我是怎样的一个人，我不会把你随便寄养在一个什么地方。

她已经不怎么想旅行了。没去过威尼斯又有什么重要的呢？有那么多她没去过的地方！她去旅行只是为了生活得不那么闭塞，为了大家好，为了她自己和所有人好。为了她的家人、朋友和所有认识的人好。她得时不时地打破常规，忘记一成不变的工作。特别是忘记她的父亲，忘记他无休止地要求她去看望他的电话，忘记他因为她不与他一起生活时而含蓄时而直白的谴责。他还把她当成住在家里的女儿。当然，她没有告诉父亲她要去威尼斯，这听上去像是去度假去娱乐，父亲会抱怨得更加厉害，他会劈头盖脸地哭诉他的孤独。她骗他说她要去巴黎出差。

最后布兰卡还是把所有东西都塞进了行李箱。她一直很喜欢旅行，这对她来说像是一场冒险。她喜欢看到塞满了东西的行李箱放在衣柜里。她饶有兴致地挑选着衣服，想象着穿着它们行走在威尼斯的样子。她再次感受到了旅行前的激动和期待。明天她得早起把塔西亚送到寄养中心，然后直接去机场。她会到得很早，她喜欢这样。她喜欢过了安检之后逛逛机场里的商店，旅行从那时就已经开始了，那些商店是属于旅客的。

她已经来到了大型免税商店，旅行已经开始了。塔西亚会过得不错，她喷了一点供顾客试用的香水，想道。我也会很好。如果我状态不错，一切都会好起来，所有人都会好起来，小动物们也不例外。

旅行团会怎么样呢？逛商店的时候她再次想起了这个问题。她买了一瓶护肤霜和一支口红，又心血来潮想买一瓶威士忌。是那种随身的小酒壶包装的，小小的一瓶。她犹豫了一会儿，因为在家里威士忌很快就会被喝光。她决定还是不买了。她有她的规矩，想喝酒就去酒吧，虽然更贵。不过既然是旅行，改变一下也无妨。在酒店的房间喝点威士忌是不错的选择，而且只是一小瓶也不至于喝醉。在梳妆打扮准备出门晚餐之前喝点威士忌让人觉得愉快，不知道房间里是否会有迷你吧，不知道威尼斯怎么样。

她观察着那些跟她一样在机场独自闲逛的女人。她们会是她的团友吗？她会跟某个擦肩而过的陌生女人成为朋友吗？

坐在飞机的座位里，布兰卡又想起了塔西亚。想象它和一群狗待在一个房间里，它蜷缩在角落不愿看其他狗一眼。不幸的是她脑海中又浮现出了埃尔普兰迪奥松树林水塘里那只绵羊的样子。

喝了一杯啤酒之后，她觉得好点儿了。生活就是这么复杂，总会有各种各样的事情钻到脑子里来。现在她满脑子都是狗和羊。以前好像有人跟她说过，现在她已经不太在意职业生涯了。有那么几年她对法律的世界充满了热情，现在却觉得越来越无聊了。那是个硬邦邦的世界。她惊诧于某些同事表现出来的热情，他们早晚也会得出像她一样的结论吗？最奇怪的是她已经对男人不感兴趣了。这是她没想到的。对自己的职业感到厌倦是可以预见的，但是男人呢？艳遇呢？不，这是谁都预料不到的。她跟男人们是怎么回事？就像她已经认识了所有男人，对他们不抱任何希望了。对她而言，他们不会给她带来任何惊喜。当然，她曾经认识过一些男人。她跟他们相处得不错，对他们没什么怨恨。但那都是过去的事情了，她并不怀念。当她想起来的时候，比如现在，只是觉得有点奇怪，因为她从未听说过别人有同样的感受。她本以为她一辈子都会对男人感兴趣，这种想法甚至曾经让她觉得烦恼，就像是某种判决。

她看了看周围，发现所有男人都完全没有魅力。也许她可以跟其中的某一个聊一会儿，跟他一起计划点什么，比如吃个午饭、散散步、看场电影，但是仅此而已。聊聊天还不错。她依然喜欢聊天，甚至正打算要跟邻座聊点什么，不过她决定还是过会儿再说吧，她希望由他来挑起话题。她一直是个主动的女人，她曾经觉得这样很有意思，不过现在她更喜欢等待，现在的她喜欢安静。

她依然对服装感兴趣，依然喜欢买衣服。也许不像以前那么喜欢了，但还是很喜欢。她很会买衣服，一般来说不会买错。现在她审视着自己，觉得自己穿着很得体，有她的风格。她很满意。

生活是多么复杂啊！不过喝点啤酒你就会感觉好起来。这也很奇怪，不过要接受这种奇怪。如果一切既单纯又简单，就没有激情了。谁想要一个完全平平淡淡的生活呢？只有死亡才会那样。

飞机着陆的时候，她觉得有点茫然。她已经忘了怎么跟她的团队集合了。她想也许在机场的出口会有人告诉她吧。她的邻座把一个塑料袋递给了她，里面装的是她从免税店买的护肤霜和威士忌。她差点就忘记拿了。她把所有东西都塞进了包里，之前她就应该这么做。也正是为此她才选了这么大的一个包，以便装下所有东西。之前她为什么没有这么做呢？当时她只把口红放了进去。

在行李传送带旁等待行李的时候，她再次环顾四周寻找单身的女人——她的团友们，越早认识她们越好。

当她看到旅行社的牌子和两个之前没有见过的女人的时候感到一阵轻松，虽然她不曾见过她们，但是很明显她们是她的团友，因为她们就站在牌子旁边。现在可以放松一点儿了。事实上她觉得有点不舒服，她觉得有点头晕。

她坐着公交船行驶在大运河上。旅行社的小伙子们帮她们拿着行李。其他的团员都在聊天，布兰卡坐在一边。她说自己有点不舒服，大家让她坐下。

她已经来到了威尼斯，远离了熟悉的一切。她的脑袋里空空的，甚至都没有想塔西亚。她深深地呼吸。这是什么味道？公交船似乎跳起来了，人们在大声地讲话，到处都湿乎乎的。公交船上挤满了人，透过人群的空隙可以看到围绕着大运河的宫殿群。

公交船上的旅行似乎没有尽头。她坐在船上，摇摇晃晃的，被人们的喊声包围着，人们互相推搡，湿湿的空气带着刺鼻的味道，不过还不错。脑袋空空的也不错，她有些恍惚。

大家在圣马可码头下了船。几乎所有人都在这里下船了。所有的箱子都被卸了下来。她的行李还在吗？如果能完好无损地抵达酒店房间真是个奇迹。她精心挑选的衣服，她心爱的衣服现在都不那么重要了。这里看上去乱成了一团。

奇迹还是发生了。没多久布兰卡就坐在酒店的房间里了，箱子也在，就放在床边。房间又小设施又不完善，窗户朝向内院。不过就像旅行社承诺的那样，房间有独立卫生间，还有迷你吧！这的确是她没有想到的。威士忌买对了，甚至应该买一大瓶。

他们在酒店附近的一家餐厅吃了午餐，餐厅里挤满了游客。旅行社的小伙子向大家解释了整个行程。他说他会带着大家完成行程，不过当然，大家也可以单独行动。他给大家发了印有他名字、电话号码和其他紧急电话的卡片。一切看起来都井然有序。

团友们开始寻找跟自己合得来的人。布兰卡注意到了两个跟她差不多年纪的女人，也许她们更年轻些，她跟她们聊过几句，还挺有默契。其中一个叫埃莱娜，是酒店的前台。另外一个叫阿马利娅，是个模特。阿马利娅本打算跟姐姐一起旅行，她的姐姐结婚了，有三个孩子，但是最小的孩子昨天早晨发烧到了四十度。她找不到别人代替姐姐，只好决定自己来了。她说了很多关于姐姐的事情。她是学校的老师，很会为人处世。她们关系很好，姐姐一直很支持她，无论她在生活中遇到什么困难，她都会帮助她。姐姐一直在她的身边，尽自己所能在父母面前维护她。她完全信任姐姐，什么都对她说，姐姐从不评论些什么，一直站在她那边。姐姐是她那边的。

布兰卡想到了她的三个妹妹。玛丽卡一直在旅行，为她的电影寻找拍摄地。她一次比一次走得更远，从葡萄牙开始，现在到了印度。她的男朋友换了一个又一个，她不在乎他们。埃斯特莱雅还在寻找她的梦中情人，一个能帮她解决生活中所有难题的白马王子。而玛尔一直在感冒，一直在抱怨，也不知道她哪来那么多的抱怨。她的妹妹们会怎么支持她呢？她们每个人都过着自己的生活。更别提她的兄弟们了。可能因为他们是个大家庭。当家里有那么多人的时候，每个人都会去寻找自己的路，无暇顾及其他。布兰卡没有谈及自己的妹妹们。她孤零零地生活在这个世界上。她只有塔西亚和父亲，只有工作和旅行。

前台埃莱娜也有姐姐。不止一个，有好几个，但是据她说有也像没有一样。她是最小的一个，她的姐姐们都有孩子，她跟她们没有什么共同点。她跟布兰卡说她欣赏她，她让她感觉到亲切。

她们三个很快发现她们都很自由。她们没有丈夫、孩子、男朋友。这些共同点把她们聚合在了一起。

她们变得形影不离。有时候三个人会单独计划点什么，即使跟团队一起的时候，她们也是一个小团体。

多奇怪啊，布兰卡想。我一直为自己的智商感到自负，现在跟我相处最好的却竟然是前台小姐和模特。

她们一起在威尼斯旅行，参观教堂和博物馆，坐着贡多拉在运河上游览，在酒吧的露台上喝咖啡和啤酒。她们聊了很多，根本停不下来。

一个下午，她们在丽都岛乘坐了公交船。这是灰蒙蒙的一天，她们站在《魂断威尼斯》里那家已经没落了的酒店远眺海滩。三个人一起回忆着维斯孔蒂的电影，只有布兰卡知道那是由托马斯·曼的小说改编而成的。西尔瓦娜·曼加诺的帽子和衣服都是那么漂亮！但是那种爱情真的存在吗？她指的并不是同性之间的爱，而是年轻时突然间萌发的骚动。她们会爱上一个少年吗？她们三个互相坦白了年龄，前台小姐埃莱娜三十五岁，模特阿马利娅三十岁，布兰卡四十八岁。布兰卡年纪最大，她没想到自己竟然比新朋友们大这么多。跟她们相比，她知道自己看起来比实际年龄更年轻些。不过，她的心理年龄并不年轻。在心里，她跟她们不一样。

"我一直都喜欢老一点的男人，"埃莱娜坦白说，"而且不只是比我大一点的那种，我说不清，就是那种年纪很大的男人。"

她说由于在酒店工作，她认识很多男人，也有过很多次暧昧，那些男人大部分都是已婚的。

"我希望他们在最开始的时候就向我坦白一切，这样我就知道该怎么做了，但是他们从来都不坦白。当然我很快就会知道了。他们真是太蠢了！难道他们以为我没有脑子，不会发现蛛丝马迹吗？我已经厌烦了那些已婚男人，他们所有人都一样，把你当成傻瓜。好吧，我是有点傻，我一次又一次地把自己扯进同样的事情，我无法控制。"

阿马利娅说激情就是这样，让人惊讶。但是，如果没有激情，生活得多无聊。她曾经历过一段刻骨铭心的爱情，让她痛不欲生。不过她不后悔。她挣扎了很久，终于解脱了。现在她只在乎她的职业生涯。她反反复复说了很多次，就像是为了说服她自己。

布兰卡倾听着她们的故事，却并不想讲述自己的爱情经历。那些事情都太遥远了，她想。最好什么都不说，只是想想她都会感到深深的疲倦。

回到酒店，布兰卡发现她的钱包不见了。也许是丢了，也许是被人偷了。她回忆了一下，在丽都酒店的时候她把它拿出来了吗？没有。埃莱娜请了客付了账单。买船票的时候她也没有拿出来，因为阿马利娅付了钱。她放弃了。丢了钱包并不是最糟糕的事情，还好她把回程机票和护照放在了酒店的保险箱里。现在只是钱的问题。她打电话挂失了信用卡。不过她觉得自己变穷了，变得弱势了。她还有点钱跟护照和机票放在保险箱里，但是只有很少一点儿，最多只够付午饭钱的。

埃莱娜和阿马利娅让她不必担心。如果她想买什么，她们会借钱给她。她们有信用卡，还会有什么问题呢？不过还是有问题的，因为布兰卡慢慢地发现不知道为什么她们俩都从不用信用卡，她们一直付现金，她想也许她们只是想在特殊情况下才用吧。她们逛服装店的时候从来不买东西，顶多买点小东西或者饰品什么的。她们不怎么花钱，布兰卡以前并没有注意到。她比她们更加任性，总会在商店里发现一些她喜欢的贵的东西。她指给她的朋友们看，她们就会给她泼冷水。她们会说这件衣服并不是那么好看，而且，你没有类似的款式吗？

好像这很重要似的！她所有的衣服其实都很类似，都是一样的风格，一样的颜色。那就是她的品味。

已经没有必要逛商店了，没有信用卡最好还是不要进去。事实上她也并不需要那些连衣裙，一条也不需要。她坐在咖啡馆等她的朋友。

某个早晨，她决定自己出去转一转。她深入到一个不认识的威尼斯，远离了游客的喧闹，走在安静的小巷里。她想起了托马斯·曼的小说，想起了那种慢慢地向生命告别的感觉，尽管那与她无关，可是为什么非要那样呢？他还年轻，依然年轻。不过她也有那种感觉，那种正在进行一场告别的感觉。也许是一场慢慢的告别，但是她是在跟什么告别呢？

我在跟什么告别？她想。也许一切都是因为没有了信用卡，因为我没法买想买的东西。

她走到一条很宽的河道旁，在一家酒吧的露台坐下来。酒吧旁边是一个水果店，水果的味道让她心旷神怡，这正是她现在所需要的。水果的味道，从土地上生长出来的东西的味道。

邻桌坐着一对情侣，他们有必要不停地亲吻和拥抱吗？难道他们在酒店房间的时间还不够吗？毫无疑问他们在酒店待的时间很长。为什么要在这里秀恩爱？也许他们就是为了让其他人感到更孤单。也许他们并没有预谋，不过这就是他们想达到的效果。如果别人都孤孤单单的，他们的爱就显得更加珍贵。

这个结论让她感到有点沮丧。这就是人类的团结和慷慨。她不愿意想塔西亚，也不愿意想埃尔普兰迪奥松树林那只可怜的绵羊，不过她觉得比起人类，她跟它们更亲近。

有些人也会让她觉得亲近。陌生的男男女女在威尼斯漫步，让人感觉他们已经在这里待了很久。来自世界各地的人们来到这里之后决定留下来，在河道间漫步，装点了这座城市。

这时有个女人从酒吧的露台路过，布兰卡认识她。她慢慢地拖动着双腿，看起来非常疲劳，非常虚弱。她的香水味儿很浓，让人有点眩晕。她用一条腿拖着另外一条，慢慢地走着。她走得摇摇晃晃的，很难保持直线，就像有一阵看不见的风在悄悄地吹着她。她没有摔倒真是个奇迹。布兰卡注视着她，看她是否需要帮助。她随时准备在她摇晃得更厉害的时候跑过去扶住她。最后那个女人消失在了街道的尽头。

布兰卡付了啤酒的钱。她再次算了算手里剩的钱，她还有钱吃午饭喝东西，喝东西对她来说更重要。她可以不买东西，但是不能不喝啤酒和红酒。她的房间里还有威士忌，还好她很有预见性，在机场买了一瓶威士忌，虽然是很小的一瓶！她现在觉得酒真是买对了。

她慢慢地往酒店走去。她约了朋友们一起吃午饭，不过时间还早。穿过广场的时候她看见一条空着的长椅就坐了下来。她回过头，突然看见了那个走路摇摇晃晃的女人。那个女人在望着她。

"您到底在找什么？"那个女人说，"您没看到这里什么都没有吗？人们不会给其他人留下什么的，您怎么会没有注意到？"

布兰卡不怎么会说意大利语，只会说几个词、几句话，不过她猜那个女人说的大概是这个意思。

"我在散步，"她试着用意大利语的语调说着西班牙语，"我没在找什么。"

老妇人点点头，就像完全听明白了似的。

"我跟您说这个是为了告知您，"她低声说，"我喜欢您。我见过您。我见过很多人，但我并不糊涂。我分得清谁是谁。"

"您看起来头脑很清楚，"布兰卡用不流利的意大利语说，"我恰恰相反，我经常糊里糊涂的。事实上我是个很差劲的游客。人们说旅行是必要的，但是我很快就会觉得疲劳。我想我没法学习新的东西了，不过我已经不在乎了。"

老妇人露出一丝微笑。

"您认识圣乔治的小路路吗？就是后门那个，还有幸福酒店的那个看门人？还有贝娅·菲奥娜，他们都是我的好朋友，如果您愿意我可以把他们介绍给您。他们会喜欢您的。"

"当然。"布兰卡一边说一边站起来。

"再见，再见。"老妇人在她身后说。

一个没有恶意的疯女人。也许她是喝醉了。

没过多久，布兰卡已经在跟她的朋友们一起用午餐了。她们在一家露天餐馆的遮阳伞下用餐。她的朋友们没有让她付钱。

"今天我们请你。"她们说。

她们坚持说她没必要为钱的事情担心。

布兰卡对她们讲了跟老妇人的偶遇，她几乎记得她说的每一个词。

"如果这是个梦，我会这么解释。"阿马利娅说。"首先，老妇人跟你说让你放弃寻找，然后还要介绍一些人给你认识，我觉得这跟你丢的钱包有关系。我跟你说了上千次了，你没必要担心，该找到的总会找到的。有时候你拼命找某件东西，可就是找不到。当然，我也是这么对自己说的。"

在旅行最后的两天里，布兰卡几乎忘了丢钱包的事情。逛街的时候她总会环顾四周，想看看是否能再次遇到那个有点疯癫的老妇人。她想知道那个老妇人是否还记得她，是否还会再跟她说话。有那么几次，她觉得自己远远地看见了她，但她又忽然消失了。奇怪的是她总觉得那个老妇人就在附近，她不是在监视她，而是在保护她。疯病是会传染的，她想。

这就是威尼斯留给她的回忆：丢失的钱包和有些疯癫的老妇人。当布兰卡坐在前往机场的公交船上时，她一边看着大运河两旁的宫殿，一边思考着她在威尼斯留下了什么，某种程度上威尼斯也带给了她一些东西，或许是某种启示。

这是她头一次在旅行时没有买衣服。第一天的时候，她在穆拉诺岛买了一些玻璃手镯，打算送给同事和朋友们，这也是她唯一买的东西。没有新风衣、新鞋子或者其他什么东西可以让她用游客特有的骄傲的语气说"这是我在威尼斯买的"。她只买了一些手镯，现在她决定把它们留给自己。这次没有礼物送人了。

她在威尼斯过得怎么样？这次旅行有意义吗？她交了两个新朋友，所以答案应该是肯定的。在餐桌旁她们度过了很不错的时光，喝着啤酒、红酒或白酒，谈论着男人、爱情、生活里的小事。有时候她们也说说重要的事情。是的，她们还聊了些大事，比如哲学、野心和梦想。这是一场不错的旅行，她总结道。

她还记得威尼斯奇怪的味道。静止的水，静止的味道，还有新鲜水果的香气。

在马德里机场，她跟朋友们拥抱告别，她们彼此承诺会很快再见面。现在她一心想着塔西亚。她用支票支付了寄养中心的钱。还好她带了支票簿，虽然在威尼斯的时候没派上用场，但是现在用上了。

她让出租车司机在宠物寄养中心的门口等着。最后，塔西亚出来了，不过它看上去已经不认识布兰卡了。

"很多狗在它们的主人把它们交给别人照顾一段日子之后都会有这个反应，"一个声音说道，"它们是最敏感的狗。不过很快就好了，您不用担心。"

布兰卡回过头。是一个高个儿的男人在说话，怀里抱着一只不知什么品种的小狗。

"我们以前见过吗？"那个男人接着说，"我觉得我在哪见过您，是在埃尔普兰迪奥的松树林吗？其实我是认出了这只狗，它很漂亮，它叫什么名字？"

"塔西亚，"布兰卡说，"是的，只要我有时间，我就会在周日带它去那里散步。"

"嗯，那我肯定我们会再见面，"男人说，"我一直到周五都会在外地，但是周日我肯定会去那里。"

布兰卡和塔西亚钻进出租车的时候，那个抱着小狗的男人在看着她们。

"周日见！"他挥着手喊道，"我叫路易斯！路易斯·拉米雷斯。"

布兰卡喂了塔西亚一点儿饼干，饼干是飞机上发的，她专门为塔西亚留了下来。

塔西亚把脑袋搭在了布兰卡的膝盖上。

她们同时叹了口气。

12. 纽约

平安夜前一天的下午，电话铃响了。是我母亲打来的，她在哭泣。我妹妹阿马利娅的丈夫比利打电话给我的父母告诉他们阿马利娅住院了，医生正在给她做一系列的检查，还不清楚她到底是怎么了，可能是种罕见的病毒，很难确诊。比利是美国人，以前是个摄影师，现在据我们所知他已经什么都不是了，也就是说他既没有工作也没有在找工作。阿马利娅连续几天都觉得非常疲劳，昨天比利回到家的时候，发现她倒在地上昏迷了。他没有说他是从哪儿回家的，作为一个失业的摄影师，他只会在大街上闲逛。

比利在电话的另一头绝望地哭了起来，就像现在妈妈跟我一边说一边哭一样。

"我们现在该做点什么，我的女儿？总得有人过去看看她。"妈妈哭着说。"马上就是圣诞节了，竟然发生了这种事情。"她补充说。面对这一堆意想不到的事情，面对圣诞突然变得不那么重要的状况，妈妈有点手足无措。

我的大脑飞速运转。我的兄弟们难得有几天假期，他们两个都结婚了还有孩子。我知道他们的工作都很忙，而且他们不会说英语，况且他们还是男人。我没法想象他们在纽约或者任何地方的某个医院里守在阿马利娅的床边，他们跟她的关系一直不是很好。

我试着安抚妈妈。

"我去吧。"我说。

"那孩子们怎么办？"她突然回过了神。"埃娃，你不能去。纽约很远，是个非常危险的城市，那里发生过那么多事情！之前那几个塔的事情就把我吓坏了，它们叫什么来着，太可怕了。你要知道，我们没法跟阿马利娅联系已经很可怕了，你不能去纽约！我连想都不愿意想。"

"所有的城市都是危险的，都有可能发生灾难。我是唯一会说英语的，妈妈，一直到三王节我都在放假。我可以去，而且我是唯一一个能去的。"

"英语……你的兄弟们也会说英语。"她吞吞吐吐地说。

"我是英语老师，妈妈。"

"是的，我知道。好吧，你可以把孩子们送来我这儿。"在我想跟她这么说之前，她突然说了出来。"很好。"她松了一口气，低声说。不过她又马上不安起来。"我跟你一起去，我的女儿。你不能一个人去，我不能让你一个人去。这可是圣诞节。"

她反反复复说了很多次，坚持认为我代表不了她，我不是阿马利娅的妈妈，没有理由让我对妹妹的问题负责任，那是她的责任。妈妈认为她陪我一起去才是履行了她作为母亲的责任。

我能想象得出跟妈妈一起去纽约的后果，我不仅要照顾阿马利娅还要照顾她。妈妈的头脑现在已经不怎么灵光了，而且她一句英语都不会说。

再说，如果她不在家，我怎么把孩子送到她家呢？对孩子们来说这个圣诞节会变成什么样子？我用这些理由说服了她，让她留下来。

接下来是机票的问题了，我给旅行社打了电话，夏天休假时我总是在那里订票。去纽约的航班都满了。我把情况告诉了哈维，他总能给我弄到价格不错的机票，我告诉他我很着急。就像预料的那样，他说会把这个事情当作自己的事情看待。那天剩下的时间里，以及二十四号和二十六号的早晨，他不断给我打电话告诉我一些等待确认的机票信息。

"别担心，埃娃。机票会有的，我在等一个优惠，那是在阿姆斯特丹转机的一班飞机，不过现在还没有最终确定。"

优惠？对我来说有没有优惠无所谓，我只想去纽约，但是哈维就是这样。他挂了电话，一个小时之后又打了过来。现在我们又在等待一班在巴黎转机的飞机的消息了。

我都快把妹妹的事情忘记了，一心只想买到机票。同时，我的父母正尝试跟阿马利娅通话，不过这是不可能的。他们跟比利通了话，告诉了他我要过去，但是比利几乎什么都没有说。

我的父母有点难过地说他已经崩溃了，尽管他们从来都不喜欢他。他们把阿马利娅的远离他乡归咎于他。妹妹跟他相识的时候正在努力成为模特。我的父母自认为是保守的中产阶级，他们一点都不喜欢自己的女儿去当什么模特，不过他们没办法反对阿马利娅的选择，谁都不能逆她的意，我的父母比任何人都怕她生气。时代变了，现在的孩子不需要父母的建议了，而且越是父母反对的事情孩子们越要去做。

后来比利出现了，他给阿马利娅拍了无数照片，然后他们就相爱了，他们都被对方迷住了。阿马利娅说起比利就像他将是下一个理查德·阿维顿，那个摄影大师。于是我们知道了理查德·阿维顿这个人的存在，比利经常提起他的名字，就像需要他来支持自己的论点。

阿马利娅无视我们的怀疑，更无视父母的不信任，她认为比利必将超越阿维顿。

但是比利却消失了。我不知道他失踪了一年还是两年，失去了他之后阿马利娅开始了自己的模特生涯。当她即将成功的时候，比利又回来了。他们结了婚然后一起去了纽约。

一年后，悲剧开始了，比利开始酗酒。他一次又一次地失业。阿马利娅在布鲁明黛百货公司的香水部找到了一份工作。据她说那是纽约最好的商场之一，不过她没有告诉我们她放弃了模特生涯。我想所有人包括曾经反对过她的父母都为她的放弃而感到难过。

但是阿马利娅离我们那么远，她生活在远方。我们见不到她。

我跟她通电话的时候能感觉到她心里有些东西碎了。她告诉母亲她一切都好，她喜欢自己的工作，比利就要跟一家大公司签合同了，现在也不酗酒了。她跟他之间没有那么多谎言，但是她有自己的问题要解决。

妈妈时常会说：

"阿马利娅运气不好。"

这句话也许是对的，不过我也很痛苦。我的运气也不好。我的丈夫离开我，我没有工作没有存款，孩子们虽然是我那时拥有的最美好的东西，却也让我的生活变得更艰难。

我忙着解决自己的问题。我离了婚，找到了工作，我站了起来。

母亲还是在说：

"阿马利娅运气不好。"

现在我已经不那么痛苦了，但是依然没有太多时间去考虑阿马利娅的事情。

我几乎忘记了阿马利娅成为模特的梦想。夏天她一般会回到西班牙待上几天。以前她总是跟比利一起回来，比利一直对西班牙很感兴趣，但是今年夏天她却是一个人回来的。比利一句西班牙语都不会说，不过他完全听得明白大家说的话，相对于我们家里的人来说他对大街上特别是酒吧里的人的话理解得更好。他一直不怎么搭理我们，现在的他也已经不再用当初刚认识阿马利娅时那种痴迷的眼神望着她了，他看起来更像是不存在。他人在心却不在，待在家里只是因为这里有一个可以睡觉的地方。他坐在椅子上，拿着一杯红酒，闭着眼睛，沉浸在自己的世界里。

阿马利娅并不幸福，虽然她从来不说。她试着把事情轻描淡写，试着原谅比利的沉默甚至他的粗鲁。她回到家的时候是那么兴高采烈甚至都没有注意到比利的态度。阿马利娅曾经是那么叛逆，曾经那么多次对父母大发雷霆，她一直认为自己有权做任何自己喜欢的事情，而现在她却跟他们格外亲热，她握着他们的手亲吻他们。现在再也没有人提起理查德·阿维顿了。

今年夏天阿马利娅一个人回到了马德里。

她说比利已经找到了工作。没有人再多问什么。比利没有来，我们所有人都很高兴。

那是夏天的事情，距离现在只有几个月的时间。阿马利娅几乎不出门，她跟父母形影不离。她陪着妈妈在小区里做些日常的事情，带她去看电影、看戏剧、吃下午茶。她回马德里就是为了这个：给父母带来温暖，这是一种她在别处没有得到的温暖。

在接了哈维无数电话之后，我终于拿到了机票。我的航班十二月二十七日上午从马德里的巴拉哈斯机场出发。我感觉有些乏力，纽约像一股不可征服的力量，那是将我的妹妹囚禁的地方。我怀念可以陪伴我的人。有那么一刻，我后悔当初说服了我的母亲。

我跟比利通了电话，他说他会到机场接我。

"我跟阿马利娅说了你会来，"他补充说，"她很开心。"

旅途中，我试着想象妹妹住的医院病房是什么样子，纽约是什么样子，在那里待几天又会是什么样子。那是一个我只在电影里见过的城市。在纽约等待我的是一个住在医院里生病的妹妹和一个从没说过几句话的妹夫。

我拖着行李箱来到了机场大厅，在人群中寻找比利。我从来都不怎么信任他，但是他就这么爽约了着实让我觉得愤怒。为什么要欺骗我？我走出机场，向几个等出租车的旅客走去，他们几乎是被一个喊叫着维持秩序的黑人警察用喊声和口哨声推向了出租车。

我来到了黑暗寒冷又霓虹闪烁的纽约。这里的圣诞气氛很浓，高大的圣诞树闪闪发光，大型的圣诞老人到处可见。我掉进了这座无边无际的城市，陷入了黑暗与光亮的强烈对比。我在纽约，独身一人。我向妹妹家走去，我不知道比利在不在家。我只希望他能在家，现在我唯一想做的就是睡觉。如果能有个房间，能在床上躺下，别的都好说。我现在需要养精蓄锐，仅此而已。

我付了出租车钱，来到妹妹家的楼前，这时碰巧一个女人打开了门，我走了进去。那个女人的表情很冷漠，就像谁想进去都可以进去，却不知道她的举动对我来说是多么的仁慈。

我已经走进了妹妹家的大楼，最近几年我往这个地址寄过一些信，不过不是很多。

　　我看着大厅镜子里的自己。在飞行了十二个小时之后，我还不知道是否能有个房间过夜。我灰头土脸的看不清五官，我的脸和身体都模糊了。我只看到了岁月、失望、努力和责任。我发现自己已经上了年纪，我对自己说我已经活了够久了，不清楚是否还想继续下去。这个想法转瞬即逝，像是一道闪电，一个投射在我身上的阴影。不过我还得帮助阿马利娅，我来纽约就是为了这个。我走进电梯，靠在墙上，我害怕自己已经耗尽了力气。

　　走廊的两旁都是门，就像没有尽头一样。我寻找着妹妹家的门牌号。我按下门铃，里面一点声音都没有。

　　我在门口站了一会儿，时不时地按按门铃，不知道该怎么办才好。

　　旁边的一扇门隔着安全锁链开了条缝。一个老兵模样的光头男人问我找谁，我说了比利和妹妹的名字。他摇了摇头说不认识他们，他告诉我他跟他们没什么往来，建议我在有人报警告我擅自闯入之前赶紧离开。

　　我朝电梯走去，他就站在那里监视着我。我回过头看了看他，他手里夹着一根香烟，紧紧地盯着我。

　　我拖着行李箱走在圣诞节结冰的街道上。一辆辆出租车从我身边飞驰而过没有停下来的意思。他们向我喊着些什么我也没有听明白。最后，我终于打到了一辆车。司机是一个拉美裔男人，我想应该是多米尼加人。他告诉我这段日子很难找到住宿的地方。然后跟我说，我有两个选择，找家昂贵的酒店或者找间便宜的房间。

　　"便宜的房间。"我说。

　　我们驶离了霓虹闪烁的市中心，钻进了黑漆漆的小巷。

"这里是切尔西，我的几个印度朋友开了一间小旅馆，就在十一大道和二十三街的交叉路口，哈德逊河的旁边。"

他陪我走进旅馆，跟老板聊了几句。

我终于找到了一个房间。房间非常小，摆着两张床，几乎没有落脚的地方。这是一个简陋的小房间，只能在很困的时候用来睡觉。

它坐落在十一大道和二十三街的交汇处，离哈德逊河只有几步之遥。在这寒冷的夜晚，一下车我就闻到了河水湿漉漉的味道，那是世界尽头的味道。

早晨八点，我给比利打了电话。电话响了很久之后，我终于听到了他的声音。我跟他说我已经到纽约了，没有告诉他什么时候到的，也没有因为他昨天没去机场接我把我一个人扔在那里而责怪他。现在说这些还有什么意义呢？

"告诉我医院的地址，我想尽快去看看妹妹。"

"我跟你一起去，告诉我你在哪里，我去接你。"

我没有告诉他。我们约在了医院附近一家酒店的酒吧见面。

等他的时候我点了一杯咖啡。如果他迟到了，我就自己去。医院离这里只有几步远。

正当我要结账的时候，比利走了进来，他看起来很不安。他点了一杯威士忌，他说话的时候不敢注视我的眼睛。他一直在道歉，虽然我还不知道他为什么道歉，但是我觉得他请求原谅是理所应当的，他放了我的鸽子，不过他似乎还在为别的什么事情道歉。

他说阿马利娅晕倒的时候受了伤，他不应该让她一个人待在家。

"到底发生了什么？现在知道她得的是什么病了吗？"

比利摇摇头。

"她撞伤了头，这很麻烦。"

有那么几十秒比利看着我的眼睛，然后羞愧地低下了头。突然间我明白了。

"是你！"

他没有回答。他拿着威士忌的双手在颤抖。

"我也说不清楚是怎么回事，"他说，"我想不明白。我向你保证我真的不清楚，埃娃。请相信我，是我把她送进了医院。"

"我们走吧。"

他陪着我走到了医院，在门口跟我告别。他说他没有勇气去看她，他还无法承受，他没有被原谅。

那个医院看起来像是个野战医院，就像是临时搭建的，或者正相反，也许很久以前它就在那里了，现在只剩了个影子。前台的女人很和善，她看到有人来看望阿马利娅觉得很开心。她入院之后还没有人来看过她。

"我为她安排了一间单人病房，"她说，"她需要安静。"

我上了两层楼，穿过一个接一个的走廊，打开阿马利娅的病房门。

我们对视了一会儿。今年夏天我们几乎没见过几面，只是急匆匆地说过几句话。我坐到床边拉起她的手。

"你来了。"

"我本想早点来，但是之前一直买不到票。"

"来了就好。"

她的头上缠着绷带，脸上有淤青。我不知道比利用什么打了她。她浑身都是伤，最严重的就是头部。

"我很高兴你能来，埃娃。"她握了握我的手说。

我跟楼层的护士谈了谈。

"她还有外伤，不过已经开始康复了。如果你想找医生谈谈，可以明天早上七点过来。"

整个下午我都在陪着阿马利娅。大部分时间她都在睡觉，睁开眼睛的时候就会冲我笑笑。我不怎么饿，只是有点渴。我拧开走廊里的水龙头，喝了点水。

在打车回那个肮脏的酒店房间之前我在冰冷的街道上走了一会儿。我去了拐角处的超市，那家超市一直开着。我买了一点吃的和一瓶红酒。

我打开了房间所有的灯，却还是不够亮。灯光非常微弱，泛着淡淡的黄色。我躺到床上，把大衣折了折垫在了枕头下面以便更好地支撑我的背部。我吃了点东西喝了点酒，就睡觉了。

清晨的时候我醒了。我走到走廊上，电梯对面的楼梯间有一台售卖机，我在那里买了一杯咖啡。咖啡很苦，让我回忆起了点儿什么，那是很久以前喝过的一杯咖啡，或许是我喝过的第一杯咖啡，或许是跟某个人第一次一起吃早餐时喝过的一杯咖啡。那种味道会让你一下子感受到生活的不易。

浴室在走廊的尽头。我带上了在椅子上找到的肥皂和毛巾去洗澡，如果妈妈住在这家旅馆会怎么想呢？

我出门的时候天还没亮。我在超市旁边一家咖啡馆吃早餐的时候天慢慢亮了起来。我把住宿上省下的钱都用来打车了，我没有力气坐地铁，没有力气钻进这座城市的地下。

七点不到我就到了医院，医生还没有来。他晚了几分钟，不过到了之后就马上接待了我。他很年轻，话也不多，不过看上去值得信赖。

他希望阿马利娅头部的伤不会留下什么后遗症，伤口很快就会结痂。虽然现在还说不好她什么时候能出院，不过等她出院之后，还需要回来复查。也许每个月都要复查，不过他有信心她会好起来的。

我问他是否知道妹妹有没有控告比利，我跟他说现在我还不想跟阿马利娅谈这些。

医生有点惊讶地看着我，他问我难道不知道我们现在在哪儿吗？这所医院是专门为这种案件而设的，难道我没有注意到走廊上的海报吗？这里是为跟我妹妹有相同遭遇的人提供帮助的地方，这里为她们提供各种类型的帮助。

比利打了她，然后把她送到了这里。这不奇怪吗？

医生告诉我这并不是个特例，有些人就是这样。当然，这是个好迹象，是一种重新面对未来的态度。这些人很暴力，但是会悔过。

"无论如何，你妹妹还算走运。"他说。

我一天都在陪着妹妹。她今天好多了，没有一直在睡觉。我们用病房的电话跟父母通了话，阿马利娅跟他们说了会儿话。我们告诉他们说一切都还好，不用担心。只是一次感染，没什么危险。我们被吓了一跳，但是其实没什么，只是一次感染。

我问妹妹这是不是比利第一次这么对她，我不敢直接用"打"这个字眼。

"我不想说这个，埃娃。"阿马利娅说。"都已经结束了，他也知道。"

有这么简单吗？阿马利娅是否足够坚强去面对这种情况？回西班牙会不会更好？尽管医生告诉了我一些情况，但我并不了解全部。我不喜欢比利。

"暂时我还是会留在这里，"她说，"我得把生活整理好，这件事必须在这里完结。"

我问她有没有朋友，有没有谁能在出院之后帮帮她。她说有，让我不要担心。但是，她的朋友们在哪里呢？她们为什么不来看她。这些问题我没有问出口。

"我知道你在想什么，"她说，"她们对此一无所知。再说，现在是圣诞，所有人都在忙着为家人准备食物，忙着购物。我会给她们打电话的，你别担心。现在我有这些帮助就够了。这里什么都负责。我感觉还不错，有些力气了，况且现在你也来了。"

我抱着一个装着食物和红酒的牛皮纸袋回到了酒店，我感觉浑身乏力。房间里微黄的灯光让人觉得压抑。我想念我的孩子们，这个圣诞他们没有我的陪伴。我没有带本书来看，平日里我没时间看书，学生和孩子们占据了我全部的时间。

我拉开已经散了架的床头柜的抽屉，拿出了《圣经》。这是一本被翻看了无数遍的破旧不堪的书，也许是在路边摊或者旧书店买来的吧。有很多页被折过了，有人折了这几页，然后就把它们忘记了。

《圣经》里夹着一封信，一封在这个房间里写的信，一封没有寄出的信。落款处的日期是今年的八月，二〇〇二年的八月十日。那个时候阿马利娅还在西班牙，带着妈妈去咖啡馆吃下午茶，去看电影和戏剧，看着附近商店的橱窗。

这是一封用英语写的信。作为一名英语老师，我看得出这是一个学英语的学生写的。不过我不清楚写信的是哪里人。

我一边喝着红酒一边读信。那天晚上和接下来的每个晚上我都会拿出那封信看了再看。我从超市买了些便宜的蜡烛，不过一直还没用。这封信让我了解到别人生活的一些片段，让我远离了微黄的灯光带来的忧伤，远离了阿马利娅即将面对的未知的生活，远离了比利带给我们的伤害，远离了对孩子们的思念。

"我总会梦到自己在麦迪逊广场滑冰，"我读道，"那里灯火通明，我一袭黑衣，脸抹得很白，画着烟熏眼妆。我伴随着一首带有一丝不安的乐曲轻柔地滑动着。一个夜晚，冰在我的脚下裂开，我沉入了水里。不过我并没有窒息，我在城市之下潜泳。我了解到这座大城市地下隐藏的一切，别人看不到的一切。水是温的，甚至有点热。很快水烫了起来，我窒息了，然后我就醒了。"

我似乎看到了冰层裂开，看到了城市地下流动的热水。我的直觉告诉我写信的人非常年轻。我想象他在这个房间里，也许就像我一样坐在床上，否则还能坐在哪儿呢？

那是夏天，他甚至都不可能在洛克菲勒中心的冰场里滑冰。

我离开医院向洛克菲勒中心走去。冰场里挤满了滑冰的人，我想他们的日子应该过得很轻松自在吧，他们没有妹妹躺在医院里，他们不是孤身一人在纽约，但是我又了解他们些什么呢？

当然，他们不会像我一样每天晚上都蜗居在曼哈顿黑暗的角落里。睡觉前，我在那个肮脏的小房间里一边慢慢地喝着红酒一边读那个滑冰的人写的信，那是唯一陪伴我的东西。

"周末的夜晚，我主要的娱乐就是一边抽着烟一边站在三楼的窗前看着楼下的汽车在黑夜里穿梭，在红绿灯前停留。我喜欢观察人。我看着他们聊天、嬉笑，甚至还看到过几个人在这个红绿灯下谈恋爱。他们是要去往哪里。我并不出门，我不想在这里迷路，我就待在旅馆里。上午是属于我自己的。我会穿上轮滑鞋滑去华盛顿广场。我会带上一本书，吃一个热狗，如果运气好，还能看一场街头表演，如果运气非常好还会遇到某个电影明星。有几次我跟罗伯特·德尼罗擦肩而过。他也是一个人。我真不明白像他这样的人怎么会一个人走在街上。如果有一天我能成名，去哪儿我都不想独自一人。"

我不知道这个年轻人住在这个房间里是为了逃避什么，为什么要无所事事地待在这个房间里呼吸着哈德逊河传来的湿乎乎的空气。我们的生活有一些平行的地方。白天他滑冰逛街，而我待在医院。晚上他待在房间里，我也一样。

红绿灯就在窗户的正下方。但是太冷了，我可不想探身出去观察路人。华盛顿广场就在附近，走过去二十分钟左右，今天早晨去医院之前我去过了。我没有遇见罗伯特·德尼罗，一个电影明星都没遇到。不过我可以想象得出罗伯特·德尼罗在他某部电影里出现在旅馆的这个房间里。

八月。旅馆里住着其他的房客。

"现在我在这里有认识的人了。简是个瘾君子，她吸食海洛因，就住在我的隔壁。中午当我热得透不过气的时候我会打开房间门。她有个小电视，一直都开着，最奇怪的是她总是背对着电视坐着，看着走廊。我去洗澡的时候她紧盯着我。简几乎不出门，只是偶尔出去买点炸薯条和可口可乐，除了海洛因，这就是她的饭了。

"我向旅馆的老板问起她，老板告诉我她三十岁。他只告诉了我这个：她三十岁。就像这是她唯一的资料，不需要再补充别的什么了。简的全部生活可以概括为：三十岁。她像是有五十岁，看起来比罗伯特·德尼罗还老。

"今天上午去洗澡的时候，我祈祷上帝不要让我在走廊上遇到任何人，我看到三十七号房间，也就是简的房间，门大开着。我回到房间，穿好衣服，再次走出来。那个房间的门依然开着，电视也像往常一样开着。电视里正在转播一场棒球比赛，纽约大都会队对圣路易红雀队，麦克·皮耶萨正准备击球。简的房间就跟其他瘾君子的一样。可是见鬼，我怎么会知道瘾君子的房间是什么样呢！

"当我准备回房间的时候，撞上了简。她从走廊的另一头走来，在她的房间抓了我个现形。我怕极了。但是她的表情却没有一丝变化，就像我不存在一样。她坐到沙发上，背对着电视，问我喜不喜欢棒球，喜欢哪支球队。波士顿红袜队，我说。简闭上了眼睛不再说话了。我站在门口看着她，她曾经应该是一个有魅力的女人。麦克·皮耶萨被淘汰了，他嚼着口香糖走向纽约大都会队的休息席。"

我不认识麦克·皮耶萨，不过这个名字听起来有点耳熟。简后来怎么样了？三十七号房间现在住满了人，一大家子人。他们都很白，皮肤就像半透明的一样。我向旅馆老板问起简，那个三十七号房的女人。

"一个月前她走了，没留下任何地址。也许回家等死了，如果我们说的是同一个人的话。"他说完转过身去。

也许有两个或者三个简。也许一个月前离开旅馆的女人不是简，不是那个总背对着电视开着房门的三十岁的瘾君子。也许简没有死。

就在几个月前的八月的某个下午，写信的年轻人背对着哈德逊河坐在一张旅馆老板放在街上的塑料椅子上。他跟他们一起坐着，他们在聊些什么？我几乎没有跟他们说过话。他们是印度人。我觉得对他们来说圣诞可有可无。旅馆没什么节日装饰，只有个灰秃秃的花环放在前台。

"夜幕已经降临，我从窗户望出去。今天的夜特别黑，还很热。

印度人把塑料椅子搬到了街上，他们抽着烟时不时哈哈大笑。过了一会儿，我走下楼，跟他们坐在一起。城市的这个角落像是被遗忘了，唯一打破这种安静的是十一大道上行驶的汽车。沿着二十三街向上走，没多远就到了切尔西酒店。南希在那里度过了她生命中的最后一晚，席德·维瑟斯杀了她，没多久他就死于吸毒过量。我不会为了爱而杀人。"

信中提到的人物我一个都不认识，我问阿马利娅是否认识他们。她告诉我南希和席德·维瑟斯都是歌手，也是瘾君子。他们是生活在边缘的人，是非主流，都是些自我毁灭的人。她说的时候好像他们就是她身边的人。

我穿过医院走廊的时候，看了看四处贴着的海报，是有关各种类型的帮助的，生理的、心理的、法律的……电话号码还有庇护所，都是反对家暴的。我不知道为什么第一次来的时候会没注意到这些海报。也许是因为贴得太密集了，我一心在找妹妹的病房号，没有注意其他事情。比利之前就知道这所医院的存在吗？

三十一号的上午，我沿着二十三街走向切尔西酒店。我在酒店外面驻足看了一会儿。我没有像往常一样在那家二十四小时营业的超市旁边的小咖啡馆吃早餐。今天是今年的最后一天，我在一家更豪华的咖啡馆用了早餐。

我有点吃惊，有人在我对面坐了下来。

"真巧啊，"一个小伙子说，我一时没有认出他来，"我的英语老师。"

"你是？"

"我知道你没认出我，我是哈皮。"

"哈皮？"

"嗯，拉蒙·坎波斯。"

"拉蒙·坎波斯，我记起来了，两年前你就不来上学了。你是个好学生。哈皮代表什么？"

"哈皮就是 happy，英语里快乐的意思。大家都这么叫我，我也不知道为什么。绰号都是这样。"

我请他吃了早餐。他在纽约做什么呢？他来这儿跟他的叔叔待几天。他的叔叔好像在曼哈顿的一家公司实习或是在继续一门什么课程，总之是一些跟宣传有关的东西。我含含糊糊地向他解释了我来纽约的原因。

"老师，今晚你有什么计划吗？"他问我。

之前我想买点葡萄和法国香槟在八点之前跟阿马利娅干上一杯吃吃葡萄，因为八点之后医院就不允许探视了。不过我对他说我没什么计划，并且跟他说可以叫我埃娃。

"埃娃，你得来参加我叔叔的派对。"

他在一张纸上写了地址和电话，递给了我。他把手放在我的手上，让我向他保证会去。后来他还陪我去打了车。

我在医院附近的一家超市里买了葡萄、法国香槟、奶酪、肉酱和法棍。阿马利娅看起来好了很多，就像我已经来了很久一样。前台的护士、护士长和医生向我们表示了祝贺。阿马利娅的康复是一个奇迹。也许比利真的不会再接近她，她真的有朋友可以帮助她。她可以去跟某个朋友一起住，但愿她能开始新的生活。

我没有跟阿马利娅提起跟哈皮的相遇，也没有提及晚上我也许会去参加的那个派对。我们邀请护士们一起吃了葡萄喝了香槟。年末的最后一天一切都是被允许的。世界可能就此终结。

我打了辆车准备回家，回到切尔西的那家老旅馆。回去的路上我想我不会去参加哈皮的派对了。孩子们还在我的父母家，我跟他们聊了会儿。他们并不想念我，他们过着自己的日子，有了新的玩具，还希望得到更多，我会从纽约给他们带惊喜回去。我不需要什么派对。

我喝了一杯红酒就睡下了。醒来的时候我看了看表，十点了。我拿上香皂和毛巾走向走廊尽头的浴室。我没有参加派对穿的衣服，不过还是用仅有的东西打扮了一番。我为什么这么快就改变了注意？我想逃离这个房间，离开这里。

十二点左右我来到了哈皮叔叔的公寓。开始的时候我没有看到哈皮。公寓里挤满了人，所有能放东西的地方都摆满了盛满食物的餐盘，家里至少有两个角落放着好几张摆满饮品的桌子。一个很强壮的矮个儿黑发男人时不时地靠近我，挽起我的手问我是否需要点什么。

"你想要什么都行，在这个城市你能得到一切你想要的，多么神奇的城市！无论怎么说，它还是老样子，纽约还是纽约。没有哪个地方能跟它媲美。"

后来我才知道这个对我许下如此慷慨诺言的人就是哈皮的叔叔。

没过一会儿，哈皮出现了。然后他就一直跟我待在一起。

天蒙蒙亮的时候，我们打了辆出租车回到了旅馆，回到了我在切尔西破旧的房间。哈皮很兴奋。我在哈皮的怀里睡着了，不知道现在是二〇〇三年第一天的几点钟。

下午，在天黑之前，也是我去医院之前，我们出去散了个步。我们在切尔西酒店的门口停了下来。

"南希死在这家酒店的某个房间，席德·维瑟斯杀了她。"我对他说，不过没有跟他讲我在《圣经》里找到的那封信。

我没有告诉他有关那个滑冰的男孩儿的故事。我把那个故事留给了自己。

哈皮站在那里静静地看着这个酒店。他搂着我的肩膀，我靠在他的身上。我们一直走到了联合广场。我能感觉到哈皮的温柔。我依偎着他，同时也在庇护着他。我问了些关于他的事情，我想知道一切。哈皮含糊地回答着我。他说不久前他遇到了很大的挫折，费了很大力气才能走出来。他的语气中透着智慧，是受过挫折之后的语气。每天我都会看到年轻人在经历挫折，不过哈皮挺了过来。在新的一年，我们两个在远离家的地方挺了过来。

晚上我独自一人待在旅馆，再一次打开了那封信。

"今天上午我在联合广场写信，我坐在背阴的地方，广场上挤满了人。明天我就要走了，广场上没有人知道我要离开了，在这个城市里没有人知道。一个长头发的带着不知哪里口音的男孩儿问我能否帮他和他的朋友们拍个合影，他把相机递给我。拍完之后他们跟我告别，其中一个男孩拍了拍我的肩膀对我的帮助表示了感谢。有那么一刻我被他们包围着，就像我是他们中的一员。我想说着他们的语言跟他们开开玩笑或者聊点什么。我跟他们待了一会儿，一起说笑了一阵，就像那些背对着哈德逊河坐在塑料椅子上乘凉的印度人一样哈哈大笑。

"我在一家拉美人开的满是油污的小店里吃了两块比萨。然后走进一家光碟店听完了几张碟片，尽管有一张非常差劲，我还是坚持听完了，我需要音乐。我向格林威治村走去。我走进一家卖打折书和光碟的小书店。店里有很多猫，它们挤在一堆堆高高摞起的书塔里。店里好像没有其他人了。不知从哪里传来布鲁斯的老调子。我的脑海中闪过想要跟猫聊聊天的荒唐想法。

"我跟旅馆老板道别之后，顺着满是苍蝇的楼梯走上了三楼。爬楼有点费劲。我在简的门前停了下来，房间的门像往常一样开着，我轻轻地敲了敲门。没有人回应，但是电视是开着的，我决定直接走进去。简在那张破扶手沙发上睡着了。我关上了电视，关上了灯，把门也关上了。我似乎觉察到简的嘴角露出了一丝微笑，就像是切尔西这家简陋旅馆的一束微弱的光。

"这是我在这个房间度过的最后一夜。如果墙上没有那么多涂鸦，地毯的褪色没有那么严重，没有脏到不能赤脚踩上去的程度，我想我愿意在这里多住几天。这里最像样的东西就是那个破电视了，虽然只能看一个频道，还是西语频道。"

他要去哪里？

我也要离开了。大部分人并不会知道我的离开。离开这里我会伤心吗？阿马利娅跟我拥抱的时候眼睛里闪着泪花，楼层的护士长跟我使劲地握了握手，她坚定地看着我，像是想传递给我一种坚定和信心。一切都会好起来的。

我知道一切都很顺利，比我预想的要好，但是在内心深处我却有一种失败感，也许是因为我没能跟阿马利娅好好谈谈，没能更好地了解她，更亲近她。这是驱使我来这里的动力吗？我来纽约不仅仅是为了帮助她，我还希望能够了解她，就像这次旅行是上帝以特殊的方式赐予我们的一次机会。阿马利娅对我来说依然神秘。

回马德里的路上，我再一次读了滑冰男孩儿的信，就像这是我纽约之行唯一留下的东西。是我发现了这封夹在《圣经》里的被遗忘的信，一封因为某种原因没有被寄出的信。

我回想起切尔西的那家旅馆，那个我们都曾经住过的房间，只不过他在夏季，我在冬季，想起旅馆老板的开怀大笑，想起那些静谧的夜晚，想起曼哈顿偏僻的角落，想起外面扰人清梦的奇怪噪音。

　　"我沉浸在一个美梦里。我在溜冰，周围一片漆黑，那是无尽的黑暗。但是我的脸却光彩熠熠，就像自己在发着光。我滑得很慢，不费一丁点力气。我自由自在地滑动着，什么都不用做，只是在那里漂浮着。我的身体、我的灵魂，在飞翔。我闭上了眼睛。有时候我什么都不需要看，只要闭上眼睛就好。我充满愉悦，洋溢着快乐。我带着完全的信任无畏地滑行在无边无际的冰场上。突然走廊的喧闹把我从梦中惊醒。"

　　我偶尔会通过妈妈得知阿马利娅的消息。她跟比利离了婚，现在跟两个同事住在一起。她还在布鲁明黛百货公司的香水部当销售员，不过她有了新的打算，只是她的计划一直在变。我不知道她最新的打算是什么。她没有说过回西班牙的事情。

　　我依然在努力生存。我再也没有见过哈皮。他现在在哪儿呢？

　　是的，我依然想念他。

13. 马德里

那个为我介绍房间的女人向我细数了公寓里的小规矩，定下了价格。

"我觉得不错。"

"叫我咪咪。"她说。

她说话的时候没有笑，她是个不苟言笑的人。不过，她也不阴沉。看起来她对自己的生活还算满意。她没有不修边幅，还在为某些事情而努力。她看上去挺高兴，又有点忧虑。她很严肃。

我喜欢这个房间。它是少数几个朝街的房间之一，在整栋房子里的位置也还不错。房子被重新整修过，隔出了更多的卧室。这个房间之前可能是餐厅。石灰吊顶和中间的吊灯让人猜想这里以前应该有一张大桌子，上面还吊着一盏大灯，应该举行过很多次家庭聚餐。

那个女人对我说我运气不错。这个房间刚刚空出来，最短的租期是六个月。她不喜欢房客换来换去。此外，她几乎没有问我什么问题。我的话就在嘴边，就像希望我们能多聊一会儿一样。我们之间的对话非常简短，甚至有些匆忙。

我从窗户探出头去看了看对面的房子。那是一座更现代的建筑，宽敞的阳台上面搭着绿色的顶棚，有些阳台还用玻璃封了起来。

我慢慢熟悉着这个房间，这条街道，对面房子里被窥视的生活和这个陌生的城市。我的房间距离家里其他的房间有点远。离咪咪的房间很远，这样最好不过了。

我把滑冰鞋挂在肩膀上出了门，寻找能溜冰的街道。我计划着怎么度过这六个月的时间。

周六清晨我回到了家。我经常在日出时分带着一身寒意回到家，感觉疲惫，我已经厌倦了晚上出去做那些无聊的事情，厌倦了自己和这个世界。除了厌倦，还有点痛苦。

清晨，温温泛白的光淡淡照亮了楼梯。我没有坐电梯。我想让自己更加疲惫。现在家里很安静，通常家里总是充斥着房客们做饭、打扫和收拾东西的声音。我推开了房门，我的房间从不上锁。我扫了一眼还在阴影里的床，上面躺着一个人。

"我是塞莉亚。"一个微弱的声音说道，"不好意思闯进了你的房间。我睡不着，睡觉的时候总是做噩梦，太恐怖了。让我留下吧，洛贝，我不会打扰到你的。"

她向床边移了移，给我腾了点儿地方。

我躺在她的旁边，试着入睡。不过有时候疲惫让我失眠，它就像一只蚂蚁在我身上爬来爬去。我想起很多事情，一件接着一件，就像一架转个不停的水车。

我对现在睡在我旁边的女孩塞莉亚了解些什么呢？她很娇小，很安静，什么都不问。有的人总爱不停地问问题，而有的人却什么都不问。他们尽可能地去了解别人的故事，对他们来说那些无意间透露出来的信息就足够了。他们对这些事情没有对其他事情那么关注，比如说话和看人的方式。他们更关注那些难以感知却更具揭示性的东西。我觉得这就是塞莉亚。我也是如此。

一个下午我们在做饭的时候遇到了。我正在准备茶，我邀请她一起喝一杯，我们在木质桌子旁坐下，桌子闻起来有股漂白剂的味道，我喜欢这种味道。塞莉亚给我讲了她的故事。她来自一个北方的村子，来马德里不是上学的。她已经拿到了本科学位，好像是学法律的。她来这里是为了逃避家庭问题。塞莉亚有个双胞胎妹妹叫特蕾莎，病得很重，吃不下东西也睡不着觉。医生诊断她有厌食症，很难治愈。塞莉亚来马德里是因为她无法面对妹妹的这种情况。都是爱情惹的祸。

"这样不值得，"她看着茶杯说，"我无法理解，特蕾莎不是这样的。她很坚强，没什么能难得住她。不能因为爱情而死掉，这太荒谬了。"

我对她的话表示赞同。

"爱情与死亡是对立的。"

"我也这样认为。"

塞莉亚经常给她的妹妹写信，却从来没有寄出。她写信是因为她需要感觉到自己和妹妹还有联系，然后却站得远远的看着一切。她需要文字来让生活变得可以承受。

这就是塞莉亚，现在睡在我旁边的人。她的呼吸深沉而有节奏。

除了好奇，我对塞莉亚还有些别的感觉。我也说不清楚到底是种什么感觉。事情还没有发生，我还说不清楚。

后来我睡着了，塞莉亚在我旁边缩成一团，她的呼吸声似乎是从我的身体里发出的。我伴着她呼吸的节奏睡着了。

下午醒来的时候我发现床上只有我一个人。房间里的光线有些太强烈了。我在走廊上遇见了咪咪，她拖着一袋子营养土。

"这是阳台的盆花要用的。" 她看了看我，若有所思地说。"已经是夏天了。"她补充道。

我帮她把袋子搬到了阳台。

"这里简直是乱七八糟。"她在阳台低声说。"我不知道这个冬天我是怎么了，都没有时间来照顾这些植物。"她抱怨道。

她留在了阳台上，准备开始干活。她想把阳台收拾好，迎接夏天的到来。她说在阳台度过下午是一半的生活，每个夏天她都会在阳台上种满天竺葵。

我不可避免地认为她穿的连衣裙并不适合干活。咪咪总是穿这种很轻薄的连衣裙，像是些压箱底的裙子，这些裙子也许是很多年前为参加派对做的，甚至可能是她母亲的。

我听见她一个下午都在忙活。她在哼唱一首歌曲，以前我从来没有听她唱过歌。

后来我去阳台看了一眼。她扫了地也擦了地，把空的和破的花盆、铁艺的桌子和椅子都挪开了。现在阳台看起来更宽敞了。

"明天我会种上花苗，"她说，"永远都不算太晚。我还得给椅子重新上漆，它们都太旧了。"

我有好几天没有见过塞莉亚了。一直都遇不到她实在是太奇怪了，我向咪咪问起了她。

"她回村子了，她家里出了点儿事。"

"她妹妹的事情？"

"我觉得是。无论如何，我得跟你说件事情，洛贝，你别以为我不知道发生了什么。我不喜欢掺和这些事，但是我都看见了。塞莉亚是个特别的女孩，她很敏感。别玩弄她。如果你对她不感兴趣就离她远点。你会伤害她的。"

"您为什么会这么说？"

"好吧，就当我什么都没说。事实上男人们都是瞎子，就是这样。"

塞莉亚爱上我了吗？这是咪咪想告诉我的吗？

"你为什么不帮我弄弄这些植物呢？今天下午我要去邻居家取些植物回来，她就住在旁边的八号楼。有你帮忙我就能把它们一次都拿回来了。"

我跟咪咪一起出了门，来到了旁边的楼。我们从六号走到了八号，路程非常短。我幻想着邻居是个美女，那种美得让人无法呼吸的女人。我没法不去幻想。我陪咪咪去搬植物，怀揣着邻居是个像演员一样的美人儿的可笑期望。这就是驱使我来的动力：门敞开着，一个美人儿靠在门边上等着我们，她看到我有些惊讶，又很开心。

不过现实并非如此。给我们开门的女人一点都不好看。她染着红头发，又矮又胖。

"多帅的小伙子！"她挤眉弄眼地对咪咪说，"真不知道你是怎么做到的，你身边总有些帅小伙。进来，快进来。"

我觉得咪咪变得更严肃了，也让人更加有距离感了。

那个红头发的女人把我们带到了阳台。阳台满是植物，就像一个温室，比起家的一部分这里更像是一个卖植物的商店，地上都是土。

"你看我种的天竺葵，我给你准备了几小盆。你知道的，天竺葵得多浇水。当然还得多晒太阳。"

那个女人拿来一个纸箱把花盆放了进去。

"这会不会太沉了？"咪咪指着装满花盆的箱子说。

"这个小伙子看起来非常强壮，你看看他的胳膊。"

强烈的阳光洒满了阳台。我弯腰去抬纸箱，的确非常沉，不过我什么都没说。我抱着纸箱走出阳台。我认得回家的路。

"你们这就走了？这么着急？不想来杯咖啡吗？"

"改天吧。"咪咪说。

我听到背后传来响亮的亲吻声。我小声说了再见。

"这个女人啊！"咪咪在电梯里一边照着镜子整理头发一边感慨。

这一刻突然发生了意想不到的事情。我望着镜子里的咪咪，却认不出她了。一个倾国倾城的女人跟我在一部电梯里，她是一个性感十足让人无法抗拒的女人。我觉得我要晕了。

我双手抱着装满植物的纸箱，我不知道如果我的手空着会做出怎样的举动。如果我松开箱子，花盆就会碎落一地，电梯里就会发生一场小小的灾难。我继续抱着箱子。箱子紧贴着我，仿佛我身体的一部分，把我和那个一边照镜子一边叹气的女人隔了开来。

"这个女人啊！"

我想问问咪咪这句话是什么意思，她指的是哪个女人，因为现在我们已经远离了住在八号楼的邻居，她已经被我们抛在了身后。她的感叹之下应该隐藏着什么，这我们俩都知道。

我们走出电梯，走上街道回到我们住的楼，走进我们的电梯。这段路虽然不长，但是拿着这么沉的植物，就像没有尽头一样。这很折磨，但同时又是一种难以言表的享受。我永远都不想走完，或者在必须走完的时候才走完。植物放在地板上，而我在咪咪的怀里。我不敢再继续想下去，却又禁不住要想。我无法把目光从镜子里咪咪的身上移开。

我们回到家，把植物拿到了阳台。咪咪弯下腰把花盆从箱子里取出来。她的这个动作持续了一会儿，她弯着腰，透过轻薄的衬衫，可以看见她的乳沟。

"好了，"她说，"太阳落山的时候，我会整理好一切的。"

我们同时走进屋里。我们的身体相互碰撞。我贴着她的身体，一只手伸进了她的衣领，向下游走，握住了她整个乳房。她的乳房不大，刚好充盈在我的手心。我的另一只手已经顺着她的腰部从另一边伸了进去。

远处传来一阵笑声，我赶紧把手缩了回来。我感觉被推了一下。

"走吧，走吧，"咪咪说，"这里有很多年轻的女孩子。"

她一边笑一边摇着头走开了。这是我头一次看见她笑。

我觉得自己像个傻瓜，我被拒绝了。但是是否应该再坚持一下呢？咪咪的房门关着，我听到了插上门栓时发出的金属碰撞声。

有那么几天我没看见任何人，我不知道是我在躲着别人还是别人在躲着我，特别是咪咪，我得把她从我的脑子里清理出去。

我想到了她的生活。她从很年轻的时候就开始守寡了，她打理整座房子用以出租。她好像有男朋友，尽管他们的关系现在不太好。我还从来没有见过那个男人，不过经常听到他的名字，好像所有房客都跟他很熟似的。莫拉莱斯呢？他们会问。或者会说：莫拉莱斯喜欢这个，这是莫拉莱斯的风格。他在银行工作，不知道具体是什么职位。他住在酒店，也不知道是什么档次的酒店。或许咪咪怀疑他想到她的家里白住，最后吃白饭。几乎每个周日的下午咪咪的妈妈和兄弟们都会过来。他们都长得不错。他们会带着小孩子一起来，孩子们在各个房间乱串。他们走了之后，咪咪都会叹气。我不知道是因为家人的来访让她感到疲惫还是因为她怀念跟他们住在一起的日子。尽管她决定像现在这样生活，却依然怀念另外一种生活。

咪咪跟我没有什么共同点。她年纪比我大很多，虽然不知道具体大多少岁，不过至少得有二十岁以上，她的生活已经非常稳定。这里是她的世界，我只是一个过客。

夏天来了。到了考试的季节，家里充斥着音乐。每个房间传来不同的音乐。我放的是买来的爵士系列，我一直在播第一张 CD，贝西·史密斯、路易斯·阿姆斯特朗、比莉·荷莉戴、艾林顿公爵、艾拉·费兹洁拉、塞隆尼斯·孟克、迪齐·吉莱斯皮、迈尔斯·戴维斯……都让我百听不厌。为什么要换 CD 呢？我清楚地知道接下来是哪首歌，当前奏响起的时候我就会感到一丝愉悦感。是的，就是这首，比莉，就是她。

下午，我从系里回到家。我听见阳台上有声音，是咪咪的声音，也许还有塞莉亚的声音。此外还有一个男人的声音。

桌上放着一瓶红酒，应该是坐在塞莉亚和咪咪中间的那个小伙子带来的。咪咪跟我说如果我愿意可以拿个杯子跟他们一起喝点。她说得很自然，我接受了邀请，现在我们已经归于平静了。一切恢复了原样。

我在塞莉亚的两颊亲了两下，她几乎看都没有看我。她给我介绍了那个小伙子。我不知道他们是否有点亲戚关系，不过直觉告诉我应该有。他们说话的口音和方式都一样。我理解的是那个小伙子在一家建筑工作室或者类似的什么地方找到了一份工作。他挣得不多，希望能够付得起房租。

咪咪说她喜欢学生，都是些年轻人。她喜欢学校规律的生活，喜欢有关老师和课程的话题，喜欢考试的节奏。她已经习惯了学生的氛围，已经对这个小圈子有了很多了解。不过她说现在来马德里的外地学生不多了。外国学生有很多，但是她更喜欢本土的。她说起这些的时候就像在说一种即将消失的过去的生活。

我没有认真地在听，我探身看向街上。我觉得咪咪的生活在我的背后。她的生活里没有我。我对她而言只是众多学生中的一个，一个很快就会离开、就会消失得无影无踪的房客。不过现在我已经不在乎了。

一股湿乎乎的空气向我袭来，可能是来自某个刚浇过水的阳台，闻起来就像街道的沥青下面藏着的并不是有轨电车的旧轨道，而是一条河。哈德逊河有着一样的味道，我好像从这个夏天回到了上一个夏天，好像一年里只有夏天，其他的季节都可以忽略不计了，都那么快就溜走了，不知道逃向了哪里，消失了。相反，夏天一直都在。

我回忆着哈德逊河的味道和切尔西旅馆的味道。旅馆的老板们背对着河，坐在门口的塑料椅子上小声交谈。我在夜晚听见他们的笑声，看见他们吐出的烟圈徐徐上升。我记得那条昏暗的走廊的味道，在那里我期待与简相遇。简，突然间我觉得她就在这里。我能感觉到她的存在，她在问我她为什么会老得这么快。我们在那里，在旅馆的走廊上慵懒地走着，不知道在等待什么。我，在窥探，在窥探一切，而她在出神。因为炎热，房门都大开着。

简跟咪咪，跟塞莉亚有什么联系？什么联系都没有。只是这种炎热，这种时间停滞的感觉，这种在陌生的城市里迷失的感觉，这种在寻找什么、期待什么的感觉是一样的。这里没有什么属于我。

咪咪允许我们晚上在阳台学习。

"这样会更愉快。"她说。

我们这些房客时常会在厨房准备咖啡或者冰柠檬茶的时候相遇。我的学习任务不重，不过还是会在晚上学习一会儿。我怀疑其他人是不是也是为了不让咪咪失望才这么做的，白天的时候她总是告诫我们得好好学习。

现在我经常跟她在家里的各个地方相遇，有一次我从镜子里看到了她的眼睛。她站在走廊的尽头，眼神迷离，整个人看起来都出神了。她看见了我，把目光从镜子里挪开了，继续向前走去。

凌晨两点的时候阳台上只有我和塞莉亚两个人。塞莉亚在为获得某个学位或者证书做着功课。有一个学生刚刚离开了，现在一片寂静。阳台上是不允许放音乐的，只能听到笔在纸上书写的声音，翻动书页的声音，还有短促的咳嗽声和一阵阵叹息声。

"你妹妹怎么样了？"我问她。

"至少现在有人能掌控局面了，"她说，"我妈妈完全没有办法了，她不知道该求助于谁。医生也觉得无能为力了。我不知道具体是怎么回事儿，但是村里一位很有钱的夫人知道了这件事情，她来自一个很有名望很有影响力的家族。她请来了一位医生，医生制定了一套非常严格需要严密监督的治疗计划。她让我妹妹搬到了她家里，请了一位护士一直陪着她，她也会在 旁监督。萨尔塞多家族有这个传统，他们不仅仅富有，还喜欢帮助有需要的人，以前他们管这个叫做慈善。我说不好，也许是因为我妹妹跟她相处得不错。特蕾莎跟所有人都相处得不错。她一点儿也不像我，我们完全不一样。"

"你也跟大家相处得不错，塞莉亚。"

"对我来说这个无所谓。"

咪咪错了，塞莉亚没有爱上我。她从村子里回来之后几乎都没有看过我一眼。她感觉糟糕的时候需要我，而现在她感觉解放了，就决定割断牵绊，继续走自己的路。

"如果没什么更好的选择，"她半笑着说，"明年我会去酒吧工作。事情就是这样，一个有学历的大学毕业生在酒吧工作。"

"这很浪费。"

"你呢？你想做什么？"

"我不知道。"

塞莉亚站起身来，倚在栏杆上，望着对面的房子。

"很奇怪，不是吗？我们所有人从四面八方来到了这里。也许今后再也不会见面，但是现在我们就像一家人一样，多奇怪啊！"

"事情总是这样。"

我也站了起来，靠在了栏杆上。

"你还记得那天过来的那个小伙子吗？你觉得他怎么样？"

"很友善，虽然我没怎么注意他，说实话。"

"我不知道他都在想些什么。事情有点奇怪。我们从小就是好朋友，不过有好多年没见了。有一天他突然出现在我面前问我是否愿意跟他一起生活。他说如果这里没有多余的房间，我们可以一起出去租个房子。这意味着我们要共享床、房间以及所有的一切。你觉得这正常吗？可以提出这样的建议吗？"

"他爱上你了，这是他的表白方式。"

"我不这样认为，我觉得他有点疯了。说不清，就像他缺了点什么。我有点害怕。"

塞莉亚在黑暗中望着我，我突然有种想要保护她、不让别人伤害她的感觉。我不自觉地抬起胳膊抱住了她的肩膀，把她的脸靠近我的，我的嘴唇碰到了她的嘴唇。

仲夏时节，我时常茫然地问自己炎夏结束时我将何去何从。黄昏的时候，我带着溜冰鞋去了卡斯蒂利亚大道，在那里交了一些朋友。回家的路上，我走进一家酒吧，坐在露台上环顾着四周。我总会发现一些有魅力的女人，她们几乎总有人陪着。

现在我注视着一个跟我隔着几张桌子的女人。陪着她的是一个背对着我的女人，还有一个膝盖上趴着一只小狗的男人。我为什么会被她吸引？我感觉跟她似曾相识，曾经在哪里见过她，那时她也许跟另外一个男人在一起。

我站起身来走近她，她的目光停留在我身上。就像我们俩都知道我们有些什么联系，也许我们之间会发生点什么。

我回头看向另一个女人，之前我看不到她。她在笑，在冲着我笑！开始的时候我没有认出她。她是咪咪！

她向我招了招手，邀请我跟他们一起坐。

"这是洛贝，"她介绍说，"住在我家。"

咪咪的突然变化让我觉得有点不敢相信。不仅仅是因为那个微笑，我也说不清楚是因为什么，也许是因为她的衣着、她的发型，说不清，不过她看上去年轻了十岁。我坐到了她的旁边，在咪咪和那个带小狗的男人中间。

那个坐在我对面的女人依然在看着我。带小狗的男人跟我握了握手。这都是怎么回事？这个男人是咪咪的男朋友吗？或者他跟那个看着我的女人是一对儿，是情人，甚至是夫妻，而咪咪只是他们的朋友？

我看着咪咪，希望她能为我解释点儿什么。但是她只是出神地望着路旁的大树。这时，鸟儿在回巢前发出一阵喧闹。

我仔细听着周围的对话，不仅仅是我们桌的，还有其他桌的，一段段的对话，对生活的抱怨，还有笑声。咪咪一直在出神。

"咪咪，"那个女人说，"什么时候邀请我们去你的阳台坐坐？去年我们在你的派对上玩得多开心啊！"

　　咪咪回过神来。有那么一瞬间我们的目光相遇了，我们对视了一会儿，十秒、二十秒。

　　"你应该组织个化装舞会，"带小狗的男人说，"一个夏季的化装舞会。我不知道为什么化装舞会总是在冬天举行。"

　　"那是传统，应该跟四月斋有点关系。"那个女人说。

　　"别跟我提四月斋。"男人摆了摆手，像是要赶走所有以前的和未来的四月斋。

　　"再来点啤酒吗？"我问道。

　　这是我说的唯一一句话。所有人都说要，我走进酒吧去点啤酒。我下楼走到卫生间，看着镜子里的自己。如果我就这么走了，不跟大家道别就消失了，会怎么样？有人会这么做，那些古怪的人。人们会说：他就是这样，没必要理他。

　　我从酒吧的门口望着他们。啤酒已经送过去了，我怎么能让我的啤酒就这么放在桌上就走了？我站着把啤酒一饮而尽，跟咪咪说之后我会付自己的酒钱，不过现在我没带钱。我向他们道别。

　　"我们请你，洛贝。"带小狗的男人说。

14. 窥视

　　客厅里回荡着妈妈单调乏味的声音。其实也说不上是回荡，她的声音没有高低起伏，像是一首永无完结的老调子，一种背景音，一阵低沉的杂音。她不停地说啊说，却没有人在听。家里只有我们两个人，她唯一的听众就是我，但是我也没有在听。我只是看着她。她坐在那里，我时不时地看看她。

　　"看门人的妻子，"她现在说道，"真是个非常不错的姑娘！她总是会跟我打招呼，还会问我最近怎么样。她扶我上门口的台阶，陪我一直走到电梯等电梯来。她非常亲切。她品味也很不错。我也说不出为什么，她有点特别。今天她穿了一件阿斯特拉罕羔羊皮外套，跟我的那件很像，我不知道她那件是不是仿品，我现在已经分不清楚了。你记得我那件阿斯特拉罕羔羊皮大衣吗？我不记得放哪了。我觉得好像是把它送人了，不过不记得送给了谁，也许给卡梅拉了，我记不清了。你本可以像看门人的妻子那样用它做一件外套的，多可惜啊。算了，无所谓了。"

　　虽然我一直在走神，不过有时候妈妈的只言片语还是会溜进我的耳朵。她的话总会让我觉得我们是那么得不同。我几乎不认识看门人的妻子。我想我从来没跟她说过话，我说不出来她是什么样子。看门人是新换的，没来多长时间。但是妈妈总是会注意到这些事情，她很注意观察他人。

妈妈说完看门人的妻子了，又说起了卡梅拉，之前她就提到了她，不能就这么把她一笔带过。卡梅拉在这栋房子工作了十多年，妈妈记得她的好与不好。妈妈从卡梅拉说到了我哥哥路易斯的老婆松索莱斯，然后又说到了佩德罗的老婆玛卡莱娜。当然她还提到了她的孙子孙女们。她时不时地说一些孙子孙女们的趣事。妈妈怎么能知道这么多人的这么多事情？她跟所有人都聊天，她问他们问题，对他们表示赞成、表示理解。我想她还会给他们点儿建议，一般都是"不要担心"、"还能怎么样呢"、"生活还在继续"之类的话。

生活还在继续。每个周日妈妈都会来看我，这对她来说是件大事，她是这么说的。周六中午她会给我打电话：

"明天上午你在家吧，我的女儿？我去看看你，你觉得怎么样？"

我不知道如果我跟她说不行，我觉得不好，我有其他计划，她会是什么样的反应。不过有什么事情非得在周日下午做呢？

妈妈是怎么看待我的生活的呢？不知道为什么我想象不出她会跟别人说起我。也许她会说起，只不过我想象不出。我想她已经把我当成了一个安全的听众。我觉得这就是我对她的意义，一个听众，她唯一的听众，也是唯一安全的听众。其他人来了又走了，只有我一直都在。这就是她每次给我打电话所要求的：她问我是不是在家，让我在家待着，跟她说我没有其他事情可做，我很高兴她过来看我，当然，我会等着她，就像以往的每个周日一样。这样的要求过分吗？

我每个周日都会去我女儿家。妈妈对她认识的人说，就像我能听到一样。我能想象得出她说这句话时的语调，那不是像现在一样单调乏味的语调，而是一种用来谈论我们的计划的语调，是能让别人妒忌的语调。

我把目光从妈妈身上移开，看向衣柜上的镜子。如果说妈妈对我了如指掌，我对自己却一无所知。其实她都了解我些什么呢？有时候我觉得她依然把我当成那个刚刚结婚的女儿，或者那个不幸成为寡妇也许就要回家住了的女儿。她看着我的时候就像她可以帮我解决一切生活问题。可是有些时候，我发现她眼睛的深处会透露出一种疏远和惊讶。因为我已经是一个成年女人，一个独立的女性，有我自己的生活方式。有时她也会就此说点儿什么。

"啊，太好了，我的女儿，把房间租出去是个好主意，这所房子对你来说太大了。"

孤独比金钱更让她担心。在她眼里这两件事就像完全没有联系一样。金钱对她来说一直是个谜。她知道她有足够的钱来生活，但也没什么余钱，她不需要更多。她不喜欢想钱的事情。但是，当我跟她说了我想出租房子的事情之后，我看到她看我的眼神里闪烁着一种光芒：她知道这背后是有关钱的问题。

妈妈要走了。

"我在你这里待得很愉快，我的女儿。我明天再给你打电话。"

房子里突然变得空荡荡的。

妈妈刚刚离开，现在她已经走远了。

我回想着她以前的样子。在家里的时候，妈妈坐在客厅的扶手椅上，眼睛看着远处的某个地方，那个地方不属于任何人，不属于这个世界。

我好几次撞见妈妈这副样子，这种姿势，这种神态。当我不在她旁边，她看不到我的时候，她总是这么出神地望着那个看不到的地方，忽略了周围的事情，忽略了我。她看了我一会儿却没看见我，最后她终于发现了我。她的眼神充满惊奇，就像完全没料到会看见我一样。

　　妈妈惊讶的表情不属于她。那不是属于她或者我的表情。我看到她这副表情感到更加惊讶。

　　我听见远处有些声音，好像是从大门或者楼梯传来的。我不想跟任何人说话，我躲在自己的房间里。周日的下午已经结束了，我回到了自己的生活中来。房客们陆陆续续地回来了。今天是周日，我没有必要去应酬他们。我躺在床上。我不想见任何人，过会儿家里就会挤满了人，我不想见其中的任何人，我跟他们没什么关系。他们会告诉我他们都做了什么，比如去看了电影或者跟朋友、情人去约会了。我什么都不想知道。我没什么要跟他们说的。我可以说的只有一件事，我跟自己说，我在这里，在自己的房间里都做了什么，生命中的一天就这么流逝了？刚刚结束的这一天让我觉得沉重，仿佛这不是一天，而是好多年。

　　电话整个下午都没有响起。

　　我还能去哪？去逛街吗？

　　门铃响了，听起来很急促很没有耐性。

　　我一下子从床上跳了起来，整理了一下头发，会是谁呢？有人忘带钥匙了吗？

　　是看门人的妻子，我从来记不住她的名字。

　　"不好意思，打扰了，"她笑着说，"我听见了很奇怪的声音，像是水流下来的声音。埃洛伊带孩子们去乡下了，只有我一个人在家。

我来看看邻居们是否有谁忘了关水龙头。"

我对她说我肯定所有的水龙头都关好了，我请她进来跟我一起确认了一下。

我们检查了厨房、厕所，还有家里所有带水龙头的房间。所有的水龙头都关得好好的。

"问题是有些人家里没人，"那个女人说，"今天是周日，您明白的。当然，我有后备钥匙，可是我不喜欢闯进没人的房子。我不知道埃洛伊什么时候能回来。"

她站在门口犹豫不决地看着我。

"您听见声音了吗？"

我们都不说话了，仔细地听着。开始的时候什么都没听见，不过突然间我听见了一点声音，听上去就像是一条河流，一股在地下涌动的水流。

"我听见了，很奇怪。"

"离这里很近。"

我打开门来到走廊。看门人的妻子走到对面，把耳朵贴到门上。

"我觉得声音是从这里传出来的，从弗洛伦西奥·坎波斯家，"她小声说，"我之前敲过门了。家里好像没人。这真是奇怪，那位老先生从来都不在晚上出门，而且他也没出去旅行，昨天我还见过他。他没跟我说什么，只是像往常一样跟我打了个招呼。"

我走近左手边的门。水流声来自另一边，再没有其他的声音了，屋里没人。

看门人的妻子按了按门铃又确认了一次。我们听见门铃响了，门铃声跟水流声融合在了一起。

"我只有进去了，"她说，"我去找钥匙。"

她没请求我等她，她觉得我肯定会等她回来。楼梯的灯灭了，我重新让它亮了起来。反复了两次之后，电梯上来了。电梯运行得很慢，很费力，仿佛每上一层都是在克服一个障碍，它呻吟着，挣扎着，最终克服了所有障碍。看门人的妻子从电梯里走了出来，向我挥了挥手上的钥匙串。

"我觉得是这把。"她说。

我完全可以离开，跟她道别然后回家。为什么她会觉得我会陪她呢？钥匙在锁眼里转动的时候，她心照不宣地看着我。门开了。

"啊，我的上帝啊！"她在门外惊叫道。

她的脸色看起来那么惨白，我觉得她要晕过去了。我轻轻地将她推进屋里。水声现在更响了。

走廊都被淹了。我们发现卫生间洗手池的水龙头没有完全关好。有些衣服被浸湿了，完全湿透了！水从洗手池溢了出来。看门人的妻子关上了水龙头，拔掉了洗手池的塞子。

"我们来得还算及时！我不知道如果没有您我该怎么办，我害怕进来，甚至想过老先生会不会是去世了，您理解的，人们总是会想到这类事情。"

现在她放松了许多，笑了起来。

"偏偏在我一个人的时候发生了这种事情，我不知道该怎么处理这些事情。"

家里全是水，我们能做点什么呢？有两个选择：打电话求助。不过我们不知道应该打给谁，保险公司吗？那么是哪家保险公司？给她丈夫？问问他我们该怎么办？或者我们自己收拾。

"您觉得只靠我们俩能搞定吗？"她问我。

我们在家里转了一圈，找来了拖把、抹布、桶和盆。

"水还没有从地板渗下去，"我说，"否则楼下的要投诉了。"

"楼下现在没人。楼下住着两个老妇人，她们是姐妹，不过她们出门了，还没有回来。如果有水，有人会清理的。我不想管这些了。她们很烦人，总是抱怨这个抱怨那个的。况且现在也做不了什么，只能把水弄干了。水龙头已经关好了，其他的做不了什么了。"

这时，楼下的电话响了起来，响了很久。

"我不喜欢这种感觉，"她说，"其实我很胆小。"

我们把家里所有的灯都打开了。水从卫生间溢出，流到走廊上，还没有流进其他房间。我们在门上贴了个告示："跑水了！我们在把水弄干！"这是我的主意，我找来了纸、马克笔和图钉。这样当主人突然回到家的时候，就不会出现吓我们一大跳的情况了。现在我知道了看门人妻子的名字，那个我以前从来没能记住的名字。她叫帕尔米拉。她已经卷起了裤腿，脱下了鞋子。我把丝袜脱了下来，提了提裙子。我也把鞋脱了。

我们弄了多久？甚至都没有看时间。我们倒了一桶又一桶的水，上千次地把抹布和拖把弄干。

"其实埃洛伊明天上午才会回来，"帕尔米拉说，"我不准备给他打电话，我不想让他担心，他是个特别负责的人。如果他看见发生了这种事情会病倒的。"

"您之前不是跟我说他晚上就会回来吗？"

"我是这么说的，不过他明天上午才回来。"

她没有再做解释，我不知道她为什么要对我说谎。

"埃洛伊的问题就是他人太好了。"她说，就像这能解释一切似的。

我在房子里忙来忙去，慢慢熟悉了这所房子。它的格局跟我家不完全一样。这座房子有很多房间，很明显有些房间是闲置的。奇怪的是这是我头一次走进坎波斯家，以前我从来没有进来过。我还记得我刚搬进这栋楼的时候他们对我充满了好奇，而我经常被对面屋子里的喧闹声吸引。我嫉妒他们家的人，那个家里似乎从来不存在无聊和空虚。我想把家里的房间租出去也正是为了这个，我不想一个人待在家。我这样做不仅仅是为了钱，还为了家里能热闹些。

"这里曾经住着很多人。"我对帕尔米拉说。

"是的，老先生有很多孩子，不过我分不清他们，他们都长得很像。我觉得他们都不太经常来看望他们的父亲，所有的女儿都是一样的。老太太两年前去世了，那时候我们刚开始在这里工作。她是位非常和蔼可亲的老人，送过我和孩子们一些衣服。"

帕尔米拉走开了。我听见她小声地哼着歌，看来她心情不错。

以前这所房子里住了很多人，他们就生活在我刚刚钉上告示的那扇门后，可是现在家里只剩下了父亲，而他今天也不知去哪了。他们曾经是那样一个大家庭，现在却只剩下了父亲。我最先想到的是那五个男孩子。每次我跟他们相遇的时候，他们都会看着我。他们无一例外都会这样做。他们一直盯着我，几乎有点挑逗的意味，那是一种近似于挑逗的目光。可能因为他们是个大家庭吧，我这样对自己说。如果成长在一个大家庭，应该不会受到太多的关注。

他们不仅仅盯着我看，还在马路上跟踪我。不是所有人都这样，是他们其中的一个。我想跟踪我的一直都是同一个人。当我出去买东西的时候他会跟在我后面走一段。我能感觉到他在我的身后，期待着我转过身去，这样他就可以跟我说说他想要对我说的话。不过我从来都没有转过身去，我坚持着不转身。我刚刚结婚搬来这里的时候，邻居们还都是少年，我丈夫去世的时候他们已经长成了青年。那个时候他们所有人都住在这里。

我在客厅数不清的相片里寻找着他们的脸，却没有找到。也许是我没有认出来。不过有一张照片引起了我的注意。照片里是两个少年。他们穿着礼拜服站在草地上，背后是一片树林，手里夹着烟。其中一个很帅气，望着镜头，就像是在看着我。我好像认识他，可是怎么会呢？根据照这张照片的时间来看，现在他已经不再是个男孩儿了，应该已经上了岁数。我感到有些惊讶。这双眼睛似曾相识，应该说是很熟悉。这是胡利安·莫拉莱斯的眼睛。最后一次争吵后，我就再也没有他的消息了。这个男孩儿也许是他的父亲或者他的叔叔。多么奇怪的巧合啊！虽然可能仅仅是有些相似，不过却让我突然想起了胡利安，就像是这个漫长的周日下午的一种提示：胡利安还在，我不应该让他就这么走远了。

"老先生是摄影师。"帕尔米拉在我旁边说。

"我知道。"

"嗯，真是想不到我们已经干完了。"

帕尔米拉松了口气，一屁股坐在壁炉旁边的一张沙发椅上。她现在脏兮兮的，衣服湿了，裤子卷着，没有穿鞋，头发蓬乱。而我也好不到哪儿去，我在另一张沙发椅上坐了下来。

"如果没有您，我不知道会发生什么，"她说，"说实话，我是特意去找您的。我觉得您是唯一一个能帮助我的人。现在我可以坦白说了。咪咪，我去你家就是这个目的。"

帕尔米拉在笑着向我道歉，为她向我求助，为她这样直接称呼我而道歉，为了我们俩脏兮兮蓬头垢面地坐在别人家的沙发上而道歉。我们做过什么都已经被抛到了脑后。事实上这不是我们自己的家。

最后我们站起身来，把桶、拖把和抹布拿到了厨房，收拾好了一切。

"拿着，"帕尔米拉递了一杯白兰地给我，"来一杯会让你舒服点。"

我不知道这是她从哪儿拿出来的，也不知道她是什么时候倒上的。是法国白兰地。她自己也拿了一杯喝了起来。

帕尔米拉在水池里把杯子洗了，把痕迹都抹掉了。

"你知道吗，帕尔米拉？我想再来一点儿。我很累，我想倒在床上一下子睡过去。"

帕尔米拉有点惊讶地看着我。她笑了，去给我拿了一瓶雅文邑白兰地，重新倒了两杯。

"为您的健康干杯，咪咪，"她跟我碰了碰杯说，"还有，谢谢，非常感谢您的帮助，我不知道没有您该怎么办。"

"我们避免了一场灾难。"

我们又喝了一杯。事实上，我们把整瓶都喝完了。"本来就没剩多少！"帕尔米拉把瓶子放进她挎在胳膊上的塑料袋里，我想她是准备过会儿把它扔进分类垃圾桶或者装玻璃的回收箱里。

我跟她在电梯门口告别，电梯断断续续地上升，还是那么费劲。我直接回了自己的房间。我想家里现在已经有人了。

第二天上午我遇到了埃洛伊，他因为我帮助了他老婆而对我表示了感谢。

"她发烧了，"他说，"我想是因为太紧张了，我一出去就发生了这种事，可怜的女人吓坏了。她不喜欢看门，这不是她擅长的。她有一双灵巧的手，她适合缝纫，您都想象不出她做的那些衣服，她想开一家改衣服的小店。您不知道她是多么感激您。"

这个男人是不是太好了？他睁大了眼睛看着我，眼神里没有一丝恶意。帕尔米拉背叛过她的丈夫吗？这种感觉不知从何而来，就像是随着空气飘到了我的脑子里。不过这跟我又有什么关系？这不关我的事。

我没有向任何人提起周日发生的事情。

帕尔米拉新的一面，她灵巧的双手，她开一家改衣服的小店的计划让我想起了穿着窗帘改成的绿色天鹅绒连衣裙去向瑞德·巴特勒借钱的斯佳丽·奥哈拉，甚至我觉得帕尔米拉和费雯丽有些相似之处，她们的眼神里都透着渴望和野心。

又是一个周日。上午有人敲门。我打开门看到一个成熟帅气的男人。我认识他吗？我认得他的眼睛、他的目光。

"你不记得我了吗？我是你的老邻居伊格纳西奥·坎波斯。"

他就是那个在街上跟踪我的人。

"我得谢谢您上周日帮助看门人的妻子弄干了找家的水。头一次我父亲白天不在家就发生了这样的事情。那个负责照顾他的姑娘露西娅生病了，我姐姐布兰卡带走了我的父亲。他现在年纪很大了，头脑不太清楚，我们不敢让他一个人在家。但是露西娅忘关水龙头了，太糟糕了！我不知道该怎么感谢您。"

"你不需要用'您'来称呼我，"我对他说，"请进。"

我们走在走廊上的时候，伊格纳西奥·坎波斯在我背后说：

"那个女人，看门人的妻子，我不知道她叫什么名字，我妈妈非常喜欢她。妈妈去世之后我们才知道她之前送过她很多东西，有些还挺值钱，比如皮大衣、珠宝、没用过的包包。我妈总是买很多东西，买回来马上就放进衣柜了，也不给别人看，她高兴的时候才拿出来。我猜很多东西后来就被她当做礼物送人了。这是我姐姐玛尔发现的。不过这也没什么。玛尔说她这样做肯定有她的道理，谁知道呢。不过现在也做不了什么了，总不能要求那个女人把礼物退回来吧。无论如何，那是我妈妈的意愿。她的确是个很不错的女人，甚至可以说是有魅力，我是这样认为的。"

我差点就转过头去告诉伊格纳西奥我妈妈也对帕尔米拉没有抵抗力，对他说我们母亲之间的这种相似真是有意思，但是我不知道这样的对话会把我们引向哪里，也许是探究我们母亲的个性，探究她们是怎么看待儿子们，还有女儿们！讨论她们是怎么看待其他人，那些不是他们子女的人，也许会谈些更自由的话题。

我们走进客厅，我给我的老邻居倒了点儿喝的。我请他坐下，但是他坚持站着，突然间他变得沉默了，好像在思考什么。

"嗯，"他想了一会儿说，"我想喝点啤酒。"

我拿来啤酒的时候，他依然站着。他把啤酒一饮而尽，坐了下来，开始说话。

他没有看我，就像是早就准备好的一样突然说起他几乎每个周日下午都会去看比赛，然后再去酒吧喝一杯，有时候跟朋友们一起，有时候独自一人。今天他还没有约任何人。他告诉了我酒吧的名字，向我解释了酒吧的位置，在哪条街多少号，在一家加油站的对面。他说会在那里等我，如果我没别的事情希望可以在那里见到我。

"我在那里等你。"他站在门口重复道。

中午，我给妈妈打了电话，跟她说有个朋友给我打电话说有点事情找我。我说得有点语无伦次。总之，今天下午她不能来我家了。

"别担心，我的女儿，今天我很累。我在家安静地待会儿，也许我感冒了。"

可悲的是我无法平静了。我不冷静了！真倒霉！

下午我打扮了一下，然后去看望妈妈。她的确看起来很累，也许是感冒了。

"你能来看我真好，我的女儿。"

妈妈心满意足地看着我，告诉我她喜欢我穿的衬衫、鞋子、一切。妈妈总是这样说，但是今天，我觉得她说的是真心话。而这一切都是有原因的，她知道是为了什么。

妈妈说她一上午都在找东西，却什么都没找到。

"你还记得我的那个戒指吗？那个几何图形的红宝石戒指，骑士风格的。那种戒指好像是这么叫的，好像是叫骑士戒指。我在华金·帕拉西奥斯的珠宝店买的，就是马约尔广场附近的那家小店。华金真是个好人！我好久都没去过他的店里了，当然，现在我都不买珠宝了。我怎么都找不到那个戒指，我以前是那么喜欢它。我很久没有戴过它了。"

妈妈总是丢三落四。衣服在衣柜里不见了，杯子和餐具在厨房里不见了，手套和围巾在街上不见了。抱怨一会儿之后她就会说都无所谓了，她甚至不知道是不是真的丢了。也许她把东西送人了，杯子也许是碎了，管它呢。也许骑士风格的红宝石戒指已经戴在了需要它的人的手上。妈妈总是忘记这些不见的东西，然后把注意力放到别的事情上。

我问自己是否需要为妈妈的丢三落四担心。不过，既然她都不在乎，我又为什么一定要在意呢？

　　她的话不像来看我时那么多。突然间她就沉默了，安静地看着远处。这是在她家。妈妈在她自己家的时候跟在我家不一样。我跟她说如果下周日她身体好了可以来看我，就像不是我在知道她不舒服之前给她打电话取消了她的来访一样。我是脱口而出的。

　　这是十一月一个寒冷的黄昏，已经能感觉到冬季的气息，而我正要去赴一场约会。我还有时间，慢慢地走着，观察着路人，周日的这个时间路上行人很少。我不清楚那个在酒吧等着我的男人跟那个在街上跟踪我的男孩子有什么关联。我喜欢这么想，他在等着我。他结婚了，也许离婚了，我不知道，知道了又能怎样。我觉得这次约会即使让人满意，也不会有什么结果。这是我跟他的最后一次约会。我们每个人都喜欢用自己的方式去验证过去的梦想是否有意义。

　　我在红灯前停下来，把大衣的领子竖起来。我可以转身回家，爱怎样就怎样吧，不过事情有那么糟糕吗？我觉得不是，我回忆了一下，周日的下午我觉得还不错。事情的顺序今天颠倒了。以前都是妈妈来看望我，今天是我去看了她。以前晚上的时候，我应该在家里等着熟悉的声音在家里响起，开门声、走廊上的脚步声、摩擦声、咳嗽声、还有叹息声，而今天我却站在马路中央。上个周日的这个时间，我在邻居家的房子里，裙子一直湿到了腰，光着脚收拾着一桶桶的水，现在想起来我觉得这有点不真实。

　　到街上走走赴个约会能失去什么呢？我依然有可以失去的东西。不是妈妈丢的那些小东西，那些不见的、打碎的或者被偷的日常小物件，而是一些说不清的东西。这种感觉就像是过去那些周日下午在家里听着妈妈的喋喋不休，却又什么都没有听进去。

我在酒吧的吧台等他的时候点了一杯法国白兰地。跟我想象的不一样，我到得更早，我已经不知道怎么玩这种游戏了。

　　我望向吧台另一边的镜子。木已成舟，我对自己说。我喜欢这句话。没有回头路了，一切已成定局。Rien ne va plus. 法语听起来更好些。但是，什么都有可能发生。木已成舟但是一切皆有可能。现在什么都可能发生，任何事情。已经不由我做主了，不知道事情取决于什么了。

　　是他，我一眼就认了出来，他在我的身后慢慢向我靠近。他的眼睛注视着镜子里的我。我们在镜子里对视，这是个征兆。

　　"我回想起一件很久以前的事情，"我对他说，"那时我还不到十岁，我妈妈带我去了一家照相馆。我是家里唯一的女孩，她想给我照一张后面是幕布的那种照片，就像画一样。我清楚地记得那个地方的楼梯。楼梯很窄很黑，那里很冷。我紧紧地牵着妈妈的手，依偎着她。妈妈看起来一点儿都不担心，甚至还很开心，这让我觉得有点奇怪。我不知道我想得对不对，她看起来就像是很熟悉那个地方，已经上过那个楼梯很多次。之后在照相馆里我也有同样的感觉，为什么妈妈跟那个男人说话的时候那么随便？为什么他们看起来很亲密？甚至当我坐在一张不知道是路易十四还是路易十五的椅子上摆好姿势的时候我感觉到他们两个都在笑我，我右边是一根柱子，上面放着一瓶布做的假花，花已经褪色，布满了灰尘。我后面挂的是风景幕布，画面是一个满是灌木的花园，中间有一个喷泉。

　　"我不知道他们给我照了多少张照片，但是我觉得我在那里待了好几个小时。妈妈给我穿上了礼拜服，那是一件带花边的白色连衣裙，中间束着一条粉红色的腰带。我带着琥珀项链，头发烫了卷，看起来几乎是金色的。

"我就记得这么多了，就像个梦一样。"

"那不是我爸爸的照相馆，"伊格纳西奥·坎波斯说，"他的照相馆只有一块背景布，是蓝天白云的，我一直觉得那是他自己画的。"

"当然不是，不是你爸爸的照相馆。那家照相馆在马德里市中心，靠近太阳门，街上有很多人。"

这段回忆意味着什么？如果这是个梦又意味着什么？我把这些问题留在了镜子里面。我身边的男人又点了一杯酒。

这时，他做了一个老套的动作。他从外套的口袋里拿出一盒烟，抽出一支送到嘴边，然后向服务生借火。

"不好意思，"他说，"我没有问你要不要，你想来一支吗？"

我跟他说我有咽炎，如果抽烟就会咳嗽得厉害。

"那你介意我抽烟吗？"

我摇摇头。我不讨厌烟味，特别是现在。我喜欢这个男人抽烟的动作。

"其实我爸爸的照相馆没有经营多久，"他说，"很快就关门了，变成了一个裁缝店。之后他就在实验室工作了。他不喜欢那份工作。他疏远了我们，几乎不跟我们说话。现在他终于可以独自生活了，他很开心。他终于可以做他想做的事情了。这是我老婆说的。"他微笑了一下。"玛瑞塔喜欢关注这些事情，她非常……"他突然停下了。

我们俩看着镜子，沉默着。不应该说起他的老婆，他老婆跟现在这里的情况没有任何关系。刹那间，我们也没什么好做的了，两个人沉默了一会儿。

"小时候我总是通过卫生间的锁眼偷窥我的姐姐们。"他换了一种更加秘密也更加愉快的语气说道。"我不知道为什么，那扇门的钥匙特别大，就像是家里的大门钥匙。当然，是从里面锁的，钥匙很重，有时候会掉下来，有人把它捡起来就随便放那了，所以经常丢。这很有戏剧性。我妈妈会喊：'卫生间的钥匙呢？谁看见了？又丢了！好吧。'"他笑了起来。"是我把它藏了起来。我不知道她是不是已经怀疑了，她看我们的眼神就像我们都有嫌疑。我得小心点儿，因为你知道我家里人很多。妈妈搞不定我们，所以还有个女人照看我们，或者更准确地说是监视我们，跟我们作斗争。当然，我们想做什么就做什么，特别是男孩子们，尤其是我，我是最小的一个。他们总是说这个孩子将来会变成什么样子，真拿这个孩子没办法！他们对我总是抱怨连连。"他又笑了。"是的，是我把钥匙藏起来的，是我做的。我不会把它藏得很严实以免他们怀疑。我把它跟梳子、牙刷放在一起，藏在衣服刷子的下面，放在隔板上，都是些就在手边儿的地方，每次都不一样。我喜欢看姐姐们洗澡，不过我想我真正喜欢的是藏钥匙。"

他看着我，眼睛里泛着坏坏的光。也许他不是一个值得信任的男人，他可能跟所有约会的女人都会说这个。

过了一会儿，我们走出酒吧，不知道接下来会发生什么。

"我送你回家。"他说。

于是我明白了这个夜晚已经结束了，一切都在这里结束了，已经没什么可说的了。伊格纳西奥·坎波斯在逃避着什么，我也在逃避着什么。

我没有戴手套，手很凉，不过我不在乎，我喜欢感受着皮肤的凉意，呼吸着夜晚的湿气。一个男人从我们身边走过，快速地扫了我们一眼。

在我家大门前，也是他家大门前，伊格纳西奥·坎波斯把手搭在了我的肩上，我感觉到他的手指隔着大衣压在我肩膀上的重量。我打开包拿出钥匙。

他叹了口气，说会再给我打电话。

15. 决定

　　玛尔接起电话竟然听到了比森特的声音。他的出现吓了她一跳，不仅仅是因为他给她打了电话，更是因为他竟然还存在在这个世界上。她惊讶于他就在电话的另一头，无论他是在家也好、办公室也好，还是在哪儿都好。事实上，他在一个很嘈杂的地方。他还在这个世界上让她觉得吃惊。

　　"你怎么了？"比森特问道，"已经不记得我了吗？这可不公平，我经常想起你，经常，玛尔。我知道你从来没有想过我，就是这样的，我都知道了，你什么都不记得了，对你而言我就像个完完全全的陌生人，你怎么做到的？告诉我，你怎么能把一切都抹去呢？事实上我佩服你，玛尔，佩服你能忘记你不喜欢的事情。但是我都记得清清楚楚的，就像一切都刻在脑子里一样！我还记得你说过的话、你的语气、你的每一个表情、你的身体，玛尔，特别是你的身体。我不能忘记我们之间发生的事情！我们得见见，曾经的一切对你来说都毫无意义吗？一切都完了吗？永远消失了吗？我无法理解。"

　　玛尔不知道该说点什么。比森特的声音是那么咄咄逼人，听起来非常激动。他想占上风，以势压人。她想象着比森特表情扭曲，眼神充满怒火，盯着某个地方。她仿佛看到了他谴责的目光。

让人不理解的事情太多了。玛尔小声说，吞吞吐吐的，带着她惯常的疑惑。过去就像魔术里的障眼法，忽然就不见了。这很奇怪，这段时间发生了很多事情，他全都知道。她的情绪很低落，她生病了，她不想再生活下去了。也许过些日子他们可以找一天见见面。

"我知道你不会再给我打电话了。你还在怨恨我，我记得你想忘记的事情，我知道你想忘了我们之间发生的所有事情，努力地去忘记。这不对，不能这样做。"他责备道。

"是你在怨恨我。"

"我只是在为自己辩护，玛尔。我曾经希望你能给我打电话，我不知道为什么，但是我就是这么希望的。我对自己说你今天会给我打电话，你需要我。如果没有这些该怎么活下去？我不是说没有我，玛尔，而是说没有我们的过去，告诉我，你怎么做到的？你是个厉害的女人。"

玛尔知道她没法反驳比森特。她不厉害，忘记他不需要费什么力气。比森特消失了就消失了，妈妈去世之后一切都化为乌有了。

"我不想再打扰你了。但是，你脆弱的时候就给我打电话，我一直都在。"

"谢谢。"

玛尔看着电话，那头现在已经没有声音了。她问自己为什么要感谢比森特。事实上他给她打电话就是劈头盖脸地责怪了她一番。玛尔不相信他说的话。她确信比森特并不像他说的那样想她，他只是偶尔觉得自尊心受到了伤害。

现在是下午四点钟。比森特知道玛尔这个时间一般都独自在家，孩子们都还在学校，巴勃罗不在家吃午饭。他喝酒了吗？他从哪里打来的电话？根据周围的声音和其他一些东西，比如盘子、杯子、刀叉的碰撞声判断，他可能在餐馆里。是的，他肯定是在餐馆里跟某个朋友吃午餐，他们可能说起了她，然后他就一时心血来潮想给她打电话了。就是因为这样玛尔才向他表示了感谢。她感谢他不是因为他带给她的那些回忆，她现在已经不想记得那些事情，她不知道那些有什么用，她感谢他是因为他还想见她。还有人想着我，我对某人来说是存在的。她又惊讶又欣慰。玛尔觉得世界上已经没有人在乎她了，她的生活已经变得不真实了，生活在现实世界的人看不见她的存在。

事实上她已经不记得跟比森特有关的任何事情了。她一点儿也不想回到过去，她并不怀念那些约会，她怎么能忘得那么彻底？母亲的去世把一切都带走了，只剩下了空虚，再无其他。对她来说女儿们和巴勃罗也不复存在了，她远远地看着一切。跟比森特的一切都消失得无影无踪。

现在玛尔问自己当初为什么会跟比森特开始，是什么让她曾经期待比森特的电话，去跟他约会。然后她发现答案是一样的，是空虚。跟比森特约会是为了摆脱空虚，空虚却一下子占据了一切。那个时候，她眼睁睁地看着妈妈一天比一天衰弱。那一年是那么可怕，那么痛苦，那么无助，她想摆脱生活的沉重。下午她会去父母家陪伴妈妈，试着跟妈妈断断续续地聊点什么，在妈妈需要的时候从床头柜的抽屉里拿止痛剂和镇静剂给她。不过有些时候她会晚点去看望母亲。那些天她会先去比森特的家里，比森特跟他的老婆分居了，在马德里的另一个地方租了一套房子。她依然还能看见自己走进那个小小的电梯，按下门铃，走进屋里，然后一切到这里就停住了。她只能记到这里了，再往后的事情，跨进大门之后发生的事情都不存在了。她只记得这些，只记得她走在去往比森特家的路上，只记得她想逃避的那种空虚。

但是，尽管她现在依然想逃离这种空虚，却不知道该怎么逃离。

那个医生如果知道这一切会怎么想？那个建议她每天要多走路、至少要走一个小时的医生。他看着玛尔的眼神就像觉得她已经活不下去了一样，他绝对想不到她竟然还有婚外情。只游泳是不够的，医生说，你还得走路，如果可以就走得快一点，这样会更有效。玛尔不记得医生有关万有引力定律说了些什么，但是他提到过，而且是不断地提到，玛尔已经记不起他为什么会提到，管他为什么呢。那个医生总是在重复这些，游泳、走路、万有引力定律，就像除此之外世界上就不存在什么别的东西了一样。

玛尔换上运动鞋准备去散步的时候想起了那个医生，他人很好，不过有时候有点荒谬，有时候他会说一些很弱智的话，有一些很低能的想法。比起比森特，玛尔宁愿想起那个医生。比森特也许已经彻底跟他老婆分开了。她染着金发，好像还有点酗酒，她是玛丽卡的朋友。谁知道呢，这已经不重要了。

她穿过走廊向门口走去，却在客厅站住了。她不太想继续往前走了。每次要离开家的时候她总会有点害怕。沙发、茶几、书架、地毯为她圈出了一个熟悉的区域，不过不能让这变成唯一的区域，否则生活就会被局限起来，里面的人就再也走不出去了。

这是个阳光明媚的下午，一点儿都不冷。她不太清楚自己正走向哪里。比森特的电话让她对过去有了一种很奇怪的感觉：那不像是她的过去，就像有人把某些时光、某些场景和某些人从她的记忆里抹去了，都不复存在了。但是，它们又突然开始捍卫它们存在的权利，它们要求被记起。不过它们依然还没有回到记忆中来，也不知道今后是否能够回得来。因为记忆已经一天比一天更广阔更复杂了，尽管乍看上去可能感觉正好相反，很多记忆被抹去了，但这绝对不是一种简化。生活已经完全没法解释了。

她最喜欢散步过后的休息时间。她会走进一家酒吧点一杯咖啡或者啤酒，具体喝点什么要根据时间而定，她听着周围的对话，期待着奇迹的出现，期待一种短暂而又强烈的融入的感觉，那会让她觉得破解生活中的谜题也没有那么重要，可以不去管它，任由它神秘下去好了。不过这并不经常发生，这取决于一些不受她控制的因素，一些小细节，比如服务生是否亲切。

她会猜想路人的内心深处是怎样的，有没有人能跟她说说话、互相理解，但是仅凭表象猜测他人的生活并不容易。比如她自己，从表面看她是一个穿着舒适的女人，她穿着运动鞋、宽松的裤子和羽绒背心，在街上快速地走着。这是人们唯一能从她身上知道的。我们不了解别人的生活，那不是一下子就能看穿的。深入的探究可能是痛苦的，也可能是令人失望的，但是如果不去探究，我们是否又会距离生活太远？游泳和走路是医生的建议，是一种保护。还有万有引力定律，那是另一种保护吗？或者来得更加本质？我们的目的是顺其自然地生活，不要过多地思考他人、谜题和空虚。我们应该一边走路一边深深地呼吸冬季的空气，一直吸到肺里，不管它是否被污染。我们应该看看那些树木，它们现在虽然还是光秃秃的，但是几个月后又会是一片绿意盎然。再看看那些在阳光笼罩下呈现金色的房子。我们应该走路，感受身体压在沥青上的重量，什么都不要想，只要感受这一切。

她忘记带随身听了，音乐能通过随身听小小的耳机钻进她的大脑，把她与外界隔离开来。她不记得把它放在了哪里，不过她肯定是因为随身听不在跟前，因为比森特的电话让她像逃出监狱一样逃出了家才会忘带的。她怀念自己录的那些舒伯特的奏鸣曲。

"你是玛尔？玛尔·坎波斯？"

玛尔看着眼前的男人。他看起来有点犹豫，就像在喊出她的名字之后等待着一个答复，一个指示。玛尔没有认出他。他几天没刮胡子了，有点像流浪汉，或者吉普赛人。她一点都认不出他。

"我是罗伯托，你的姐夫，准确地说是你的前姐夫。罗伯托·恩西索。你不记得我了吗？你这么着急去哪儿？我差点跟你撞上。"

"罗伯托·恩西索。"玛尔重复了一遍，暗暗地试着把这个名字和人联系起来。

是的，现在她认出他了，尽管他变化很大。玛尔告诉他说她正在散步，医生建议她每天都快步走很长一段距离，她也不知道为什么要跟他说这个，但是她就是想说，以缓解她的惊慌失措。她补充说她当然记得他，尽管很长时间没见了。

"是的，很久没见了，"罗伯托说，"如果你不介意，我陪你走一会儿，我离约会还有段时间。"

"当然不介意。"玛尔说。

玛尔走在前姐夫罗伯托·恩西索的身边，脚步没有之前那么轻快了。他的变化那么大，她几乎都认不出他了。他几天都没有刮过胡子了，还穿得破破烂烂的。以前他很注重形象，总是穿着西装、打着领带、系着围巾，颜色搭配得非常好。他曾经是个帅气的男人，当时玛尔还没有成家，某种程度上她把他视作找老公的标准。她曾经认为她的姐姐玛丽卡是唯一一个找对人的。埃斯特莱雅的男朋友们都很愚蠢，当然现在依然如此。布兰卡的丈夫塞尔吉奥更没什么好说的，他什么都不是，既没有脾气也没有个性。她的姐姐们都没有找对男人。

玛尔跟罗伯托·恩西索讲了家里发生的所有事，他也曾经是那个家的一分子。

"这么说，你还没有离婚。"罗伯托转过脸看着她说。他的眼神有些复杂。

"我妈妈去世了。"玛尔说。

罗伯托点了点头，仿佛他已经知道了一样，然后深深地叹了口气。

"去世了也好，"他接着说，"家里已经空荡荡的了，只剩下你的父亲了。你那个讨厌的父亲，那个混蛋。"虽然语气中带着气愤，他的声音依然很平静，他说得很慢，声音就像是从很深的地方发出来的。"你母亲忍受得够多了。他让她生了那么多孩子，还一直在抱怨。我从来没听他说过一句好话，什么人啊！这是个什么样的家庭！玛尔，你们有这样一个父亲真是倒霉透了！他总是在生气，一直在发脾气。什么脾气！他总在说自己如果不是得赚钱养家就成为摄影师了。这就是他，一个失败的摄影师，一个受苦受难的人，多可笑！不能这么随随便便地失败！不是所有人都有失败的特权！应该懂得接受失败！失败也是一种艺术！"现在罗伯托·恩西索看起来真的生气了。"当然，玛丽卡没有注意到这些。你的姐姐们都没有注意到。你的兄弟们也一样，男人们从不想这些事情，我可以这样跟你说，男人们不想，有些女人也不。在你家没有人去想，只有你，玛尔。你不一样，我一直都知道。"

罗伯托·恩西索的爆发并没有让玛尔太惊讶。他和父亲的关系一直比较紧张，父亲跟姐夫们的关系都不怎么样。她的丈夫巴勃罗也不例外。弗洛伦西奥·坎波斯处理不好与男人之间的竞争关系，他一直认为家里的女人都应该把父亲放在首位，应该把他看得比其他男人更重要。玛尔非常清楚地知道这点。父亲对母亲不好，对女儿们也不好。事实上，母亲去世后，除了布兰卡所有的女儿都从他的身边逃走了，消失了。没人知道是什么让布兰卡继续留在父亲身边，也没人知道她对父亲的这种责任感从何而来。不过父亲和姐姐布兰卡之间的确存在一种联系，一种建立在时间基础上的联系，也是这种联系将她和妈妈连在了一起。

玛尔和布兰卡不经常见面，但是每次见面的时候，布兰卡总会提到妈妈。有时是有关妈妈的一段回忆，有时是妈妈的某种习惯。也许布兰卡跟其他的姐妹们也会这样吧，也许她需要跟她们说说母亲的事情，看见了玛尔或者随便哪个姐妹都会让她想起妈妈。她还会问玛尔是否记得妈妈的这些事情，可是事实上玛尔什么都不记得了。这的确奇怪，很奇怪。玛尔不像姐姐布兰卡一样记得有关母亲生活的那么多细节。也许是因为她不需要，她跟母亲那么亲近，根本不需要关注细节，布兰卡把有关母亲的记忆都组织了起来，重新构建出了母亲的形象，这让她在母亲去世之后再次接近了她，重新找回了她。这似乎就是布兰卡从母亲的离去中走出来的方法，无论如何都比玛尔的方法要来得明确。玛尔还需要更多时间来分析自己的情况，她还需要很长时间。这就是她走在前姐夫罗伯托·恩西索旁边时感觉到的。

她有点害怕罗伯托·恩西索。从他刚刚说的话可以看出他对父亲的愤恨是那么深，已经容不下其他情感了。这种愤恨已经耗尽了他所有的分析能力和理解能力。罗伯托·恩西索是个让人捉摸不透的人，他充满了怨恨。

现在罗伯托说起了玛丽卡，说不清楚他是在夸她还是在贬她，他的语气听起来有点嘲讽。当他说到玛丽卡很成功的时候可能是在说反话，这种成功是无足轻重的，我们都知道在这个社会成功意味着什么。成功什么用都没有。

"你还游泳吗？"他突然问道，再次回过身来看着她，"我记得有一次你从游泳池回来的路上我们遇见过。那是个冬天，你头发湿漉漉的，看起来很高兴。我当时想你应该把头发弄干，否则容易感冒。"

"是的，我也记得。"

"嗯，"罗伯托看了看表说，"现在我得回去了。遇到你很高兴，玛尔。"

跟罗伯托·恩西索告别的时候，玛尔想也许他没有那么多怨气，只是喜欢发表意见而已。她不清楚他到底是个怎么样的人，不知道他是一个爱抱怨爱记仇的男人还是只是一个喜欢发表一堆评论来保护自己的男人，但是无论如何他都有一点让人害怕。当他得知她还没有离婚的时候，为什么要那样看着她，一脸的惊讶、怀疑甚至是指责。你还没离婚，他若有所思地说，好像这比她还在游泳更让他惊讶。

我的婚姻还在维系，我还在游泳，玛尔自言自语。这让罗伯托·恩西索感到惊讶，对他来说这意味着一种彻头彻尾的连贯性，几乎可以说是保守。这就是她在他的眼睛里读到的：一切都在改变，我却因循守旧，与世界格格不入，坚持着自己的习惯、牢牢地抓着身边的人不放。罗伯托·恩西索想象不到事情经历了多大的改变，谁也想象不到，人类是多么的无能。一个对你向来知之甚少的老熟人，只知道你生活里的两件事情，就自认为有权利对你评头论足，仿佛除了这两件事生活里就没有别的事情了一样。

她抬起头看了看路牌，突然想起这附近有一条又短又窄的巷子，在那些宽阔的主要街道中它显得有些隐蔽，有人最近跟她提起过那条巷子。是她的嫂子玛瑞塔向她说起的，她跟她说父亲家看门人的妻子帕尔米拉在玛尼塞斯街开了一家改衣服的小店。玛尔现在已经站在了这条街上，这是个巧合吗？恰恰是今天，当过去的回忆一次又一次冲击着她的生活的时候。

她很久都没有见过帕尔米拉了。妈妈把那件又重又旧的阿斯特拉罕羔羊皮大衣送给了她，妈妈跟谁都没有说起过这件事，至少是没有人记得。妈妈去世几个月后玛尔曾经疯狂地寻找过那件大衣，就像它是一件价值不菲的遗物，可以赋予将她吞噬的空虚某种意义。其实那只不过是一件大衣，一件旧大衣，妈妈活着的时候，玛尔曾经试穿过无数次，她一直觉得那件大衣太沉了，虽然也许可以改改，不过依然不会穿得舒服。但是她有很多关于妈妈穿着那件大衣的回忆。在那些遥远的冬天里，妈妈把自己裹在那件黑色长大衣里。大衣的领口很大，妈妈会把领子竖起来裹得更严实些。她还记得购买这件大衣对妈妈的重要意义，对所有人的重要意义。有人说阿斯特拉罕羔羊皮产自俄罗斯，它的质量有十足的保证。那不是一件随便哪个店里买来的大衣，而是一件通过特殊渠道购买的衣服，比街上那些阿斯特拉罕羔羊皮大衣都要高级。过了几年，妈妈把大衣修改了一下，大衣变得修身了些，不再是原来的斗篷款式了，领口也没有那么大了。在玛尔的记忆里，妈妈没怎么穿过修改后的大衣。她有时穿着它在小区里办些事，不过后来就不穿了，可能还是因为它太沉了吧。

有关妈妈的这段记忆比其他所有的记忆都来得深刻。妈妈裹着阿斯特拉罕大衣，宽宽的领口搭在肩膀上，她戴着一顶小礼帽，是贝雷帽款式或裹头巾款式的。不过，玛尔不记得妈妈有穿着大衣带着贝雷帽照的照片。那个时候，她的父亲还在拍照。相册里有很多妈妈的照片，却没有一张是她穿着那件大衣的，没有一张是玛尔脑海中妈妈的形象，仿佛妈妈的那个形象是玛尔臆想出来的一样。那是一个能使人感到平静的形象，是一种象征。大衣厚厚的皮革保护着准备出门的妈妈，帮她抵御寒冷，抵御这个世界。

那是一家小店，招牌是橙色的。玛尔在橱窗前停了下来。

在离她几米远的地方帕尔米拉正坐在缝纫机前全神贯注地工作，她的嘴角微微上翘，露出一丝微笑。玛尔推开门走了进去，跟她打了招呼。玛尔跟她说她刚好路过，从街上看见了她。

"啊，您吓了我一跳。"帕尔米拉抬起头说。

帕尔米拉的表情开始有点茫然，不过她很快就认出了玛尔。她马上站了起来，在玛尔的脸颊亲了两下，跟她说很高兴见到她。她们就像两个多年未见的老朋友，有很多话要对彼此说。不过，把发生的所有事情，生活中所有的惊奇讲完并不是那么容易。

"您看见了，我现在开了这个店，"帕尔米拉兴致勃勃地跟她说，"当然，这没什么特别的，但总算是个新的开始，对吧？我已经有了不少生意。其实我本来想开一家二手服装店，就像美国的那些一样，他们跟我说美国有很多那样的店，卖的都是些质量不错的漂亮的衣服，都是些不会过时的衣服，重新搭配一下效果就会很好。您不舒服吗？您脸色看起来很苍白，快坐下，我给您倒杯水。"

店里的味道很大，混杂着旧衣服的味道、染料的味道、潮湿的味道和苔藓的味道。玛尔慢慢喝着帕尔米拉递给她的水，只过了十几秒的时间，她已经开始想象妈妈的大衣被再次修改了，然后放在店里等着别人把它买走。

"您觉得好点儿了么？您现在知道我的店在哪儿了，如果您有要改的衣服就拿来给我。"

"您把我妈妈送给您的那件阿斯特拉罕羊羔皮大衣改了吗？"玛尔问道，她下意识地用"送"代替了"给"。

"是的，我把它改成了一件外套，效果很好，皮质非常不错，很亮。"

"我要走了，很高兴见到您，帕尔米拉，看到您的生意不错我真为您高兴。"

"现在这么说还为时过早，不过得有耐心，重要的是要坚持，好好做事，然后坚持下去。"

"是的，您说得有道理。"

玛尔走出店门深深地呼吸。妈妈的大衣不会被卖给陌生人，帕尔米拉再次修改了它。她的确是个讨人喜欢的女人，跟妈妈相处得很好，她们在一起聊天，谈论天气，谈论邻居家的孩子和孙子，谈论食物和衣服。玛尔可以想象得出这些对话，能看到妈妈站在街道中央或者家门口跟帕尔米拉聊天：帕尔米拉，我有一件穿不着的大衣，一件阿斯特拉罕羔羊皮大衣，皮质非常好，只是有那么一点儿沉，也许您能改改，做件外套，您总是很有办法，如果您能用得上那真是太好了。玛尔终于搞清楚了妈妈生活中的所有联系，她曾经怀疑过的不知道的那些事情。她只了解母亲生活的一部分。我们对别人生活的了解都是部分的、片面的、不连贯的，即使是我们身边的人，我们自认为很了解的人，我们也并不了解他们生活的全部。母亲的生活比看起来更广阔，她的生活不仅仅局限于家人所了解的那一部分。不能仅凭我们所了解的去评判她，这不公平。我们没有权利认为妈妈跟爸爸在一起是不幸的，就像刚才罗伯托·恩西索说得那样。没有权利认为她的生活仅限于此，只是一个接着一个地生孩子，忍受丈夫无休止的抱怨和坏脾气。玛尔已经不想去评判父母间的关系。她想象着妈妈跟帕尔米拉聊天的样子，妈妈看起来很幸福，声音听起来很愉快。

玛尔感觉到妈妈有关大衣的对话依然存在于另一个时空，另一个世界，在那里人们可以畅所欲言，在那里地心引力主宰着一切，在那里我们都踏踏实实地站在地面上。那个世界就在那里，在帕尔米拉的店里，淳朴使她显得那么与众不同。现在玛尔在另一个世界里，在她的世界里一切都在旋转，都在变化，我们是什么？我们是飘来飘去的微粒，是漂浮在空气里的尘埃，太阳有时会把我们照亮，就像现在一样。她再次开始怀念舒伯特的协奏曲。

一个肩膀上挂着溜冰鞋的男孩儿朝她走来。走过她身边的时候他看了她一眼，甚至还停留了一下，对她微笑了一下，就像是认出了她，想跟她说点什么。不过他什么也没有说，只是继续向前走去。

玛尔回过头。她肯定曾经在哪里见过这个男孩子。她用目光追随着男孩子的步伐，他竟然走进了帕尔米拉的改衣店。他不是帕尔米拉的儿子，帕尔米拉没有这个年纪的儿子。帕尔米拉的孩子们都还小，她曾经见过他们。谁知道呢，他也许是个顾客，一个给夹克换了新拉链的男孩子。他看起来很高兴，对着街上擦肩而过的陌生人微笑。

这一切的背后蕴含着什么意义吗？她想。

在梦里的时候她经常这么想。她现在所在的这条巷子、下午的斜阳、噪音、闻到的烟味和食物的味道，所有这一切都像是发生在梦里。特别是她。她站在那里看着一切，不知道应该走向路的哪一边，最后，她向一个方向走去，尽管这也许是个错误，但只是个小小的错误，无关紧要，没有人会责备她，世界不会因此改变。不过也许会。因为这是梦中做出的重要决定，这些决定真的会改变世界。